Bettina Wilpert

nichts, was uns passiert

Roman

VERBRECHER VERLAG

Dritte Auflage

www.verbrecherei.de

Korrektorat: Christian Wöllecke
Gestaltung und Satz: Christian Walter
Druck: CPI Clausen & Bosse, Leck

ISBN: 978-3-95732-307-1

Printed in Germany

Der Verlag dankt Insa Hansen-Goos, Philipp Hartmann, Lucia Müther, Sara Trapp und Hannah Vogel.

Leipzig. Sommer. Universität, Fußball-WM und Volksküche. Gute Freunde. Eine Geburtstagsfeier. Anna sagt, sie wurde vergewaltigt. Jonas sagt, es war einvernehmlicher Geschlechtsverkehr. Aussage steht gegen Aussage. Nach zwei Monaten nah an der Verzweiflung zeigt Anna Jonas schließlich an, doch im Freundeskreis hängt bald das Wort »Falschbeschuldigung« in der Luft. Jonas' und Annas Glaubwürdigkeit und ihre Freundschaften werden aufs Spiel gesetzt.

Der Roman »nichts, was uns passiert« zeigt, welchen Einfluss eine Vergewaltigung auf Opfer, Täter und das Umfeld hat und wie eine Gesellschaft mit sexueller Gewalt umgeht.

BETTINA WILPERT, geboren 1989, aufgewachsen bei Altötting, studierte Kulturwissenschaft, Anglistik und Literarisches Schreiben in Potsdam, Berlin und Leipzig. Sie war u. a. Finalistin des 23. Open Mike, Stipendiatin des 20. Klagenfurter Literaturkurses und der Autorenwerkstatt Prosa 2017 des Literarischen Colloquiums Berlin. Veröffentlichungen u. a. in Bella Triste, Metamorphosen, Outside the Box, P. S. Politisch Schreiben und testcard. Sie lebt in Leipzig.
»nichts, was uns passiert« ist ihr Debütroman, für den sie mit dem *aspekte-Literaturpreis 2018* und dem *Lessing-Förderpreis des Freistaates Sachsen 2019* ausgezeichnet und auf die *Hotlist – die 10 besten Bücher aus den unabhängigen Verlagen 2018* gewählt wurde.

A

Dass es im Mai war und dass er sich als *Joni* vorstellte, obwohl sie ihn nie so nennen würde und auch niemand sonst ihn so nannte. Vielleicht hatte sie sich verhört, sagte Anna. Sie kannte ihn schon vom Sehen – Leipzig war nicht so groß. Dass es an einem Dienstag oder Mittwoch war, unter der Woche jedenfalls.

Anna erzählte mir, dass sie an dem Tag, als sie Jonas kennenlernte, mit Hannes auf den Stufen der Universitätsbibliothek Albertina saß. Sie legten eine Zigarettenpause ein – nicht die erste an diesem Tag, vielleicht die dritte. Es war später Vormittag, und sie hatte einen Kater. Am Abend vorher hatte sie bis fünf im Lindental gearbeitet, einer Kneipe im Westen der Stadt. Eine Band aus Wien hatte gespielt, und sie hatte ein paar Wodka mit den Jungs getrunken. Als sie anschließend mit dem Fahrrad durch den Clara-Zetkin-Park nach Hause fuhr, ging die Sonne gerade auf, die Vögel zwitscherten, das mochte sie. Es war das erste Mal in diesem Sommer, dass sie die Nacht durchgemacht und den Sonnenaufgang erlebt hatte, einer ihrer liebsten Momente. Im Park begegnete sie niemandem, erst auf der Karli, der Karl-Liebknecht-Straße, sah sie Menschen, die schon wach waren, zur Arbeit mussten, vielleicht Ärzte oder Bäcker.

Sie wachte auf, als ihre Mitbewohnerin Verena die Wohnung verließ (gegen neun), und konnte nicht wieder einschlafen. Weil sie nichts Besseres zu tun hatte, ging sie in die Bibliothek und traf dort Hannes. Wie immer war er schon seit morgens um acht dort, hatte zwei Seiten geschrieben und drei gelöscht. Als sie ankam, machten sie ihre erste Raucherpause. Sie sprachen über Hannes' Hausarbeit –

damals schrieb er noch über Erinnerung an den Nationalsozialismus in der DDR am Beispiel von Schulbüchern. Anna erinnerte sich gut daran, weil Hannes an dieser Hausarbeit fast ein halbes Jahr gearbeitet hatte, obwohl sie nur fünfzehn Seiten lang sein musste. Er hatte sich da in etwas verrannt, hatte zu viele Texte gelesen und konnte seine Gedanken nicht ordnen. Anna hatte versucht, ihm zu helfen – Texte korrigieren lag ihr –, aber er hörte nicht auf sie und die Hausarbeit wurde schlimmer statt besser.

Anna sprach also an diesem Tag, als sie Jonas kennenlernte, auf den Stufen der Albertina über die Hausarbeit von Hannes. Sie hatte nicht gefrühstückt, ihr Magen war flau vom Wodka der Nacht zuvor, und die Zigaretten und der Kaffee machten die Situation nicht besser. Sie bemerkte Jonas, als er aus der Bibliothek auf sie zukam und fragte, ob er sich eine Zigarette drehen dürfe. Wortlos hielt sie ihm ihren Tabak hin. Sie dachte, er würde sich wegdrehen, um allein zu rauchen, aber er und Hannes begrüßten sich herzlich, klopften einander mit der flachen Hand auf den Rücken. Sie lästerten über jemanden, den Anna nicht kannte, machten einen Insiderwitz, erinnerten sich an einen Saufabend. Anna war verwirrt – woher kannte Hannes diesen Typen? Schnell klärten sie die Sache auf: Die beiden waren vor Kurzem auf einer Gedenkstättenfahrt in Buchenwald gewesen und hatten viel Zeit zusammen verbracht. Sie sprachen über einen Vortrag, den sie dort gehört hatten, und eine Diskussion entspann sich zwischen den beiden. Anna rauchte und hörte nicht zu. Als ihr die Debatte zu blöd und ihr schlecht wurde – sie hatte Angst, die Zigarette auf nüchternen Magen würde sich gleich rächen – bestand sie darauf, in die Mensa zu gehen, auch wenn es noch früh war. Zu dieser Zeit war die Essensauswahl besser und frischer. Auf dem Weg dorthin trafen sie Uli, eine Bekannte von Hannes, und sie gingen zu viert essen. Worüber sie sich genau unterhielten, wusste Anna nicht mehr. Die Erinnerungen an die Mensa verschwammen, weil sie zu dieser Zeit fast jeden Tag dort essen ging, oft mit Hannes und Uli. Sie redete nicht viel mit Jonas, das Gespräch spielte sich in der Gruppe ab, alle unterbrachen sich gegenseitig, hörten einander nicht richtig zu, wahrscheinlich ging es um ihre Pläne fürs Wochenende, Hausarbeiten oder die Fußball-WM.

Jonas sagte, dass es im Juni war. Er traf Anna das erste Mal bei einem Spiel der Fußball-WM. Ja, vielleicht, Deutschland–Portugal, so genau hatte er nicht hingesehen. Dass es ein Montag war, und eigentlich wollte er für seine Doktorarbeit einen langen Tag in der Bibliothek einlegen – meistens konnte er abends besser arbeiten als morgens. Aber er hatte sein Handy nicht auf lautlos gestellt, Hannes rief ihn an und fragte, ob er mit Fußball schauen wollte. Er kannte Hannes zwar noch nicht lang, nur von der Exkursion, doch er hatte das Gefühl, dass eine Freundschaft zwischen ihnen entstanden war. Gemeinsam auf Alkohol abstürzen verbündet.

Nach dem Anruf konnte sich Jonas nicht mehr konzentrieren, also fuhr er mit dem Fahrrad in den Biergarten in Connewitz. Er war nie zuvor beim Public Viewing gewesen. Er interessierte sich nicht besonders für Fußball, auch nicht für die Weltmeisterschaft. Das Spiel begann am frühen Abend, und er konnte auch danach wieder in die Bibliothek gehen.

Dass ihm Anna bekannt vorgekommen war, sagte er. Er wusste nicht woher, wahrscheinlich war sie eines dieser Bibliotheksgesichter, die man vom Sehen kennt. Sie kam später als er, und neben ihm war noch ein Platz frei.

Sie war eine, die sich über alles beschwerte. Das gefiel ihm – er hielt nicht viel von Leuten, die alles gut fanden und jeden mochten. Nachdem sie sich gesetzt hatte, begann sie sofort, über Fußball und die deutsche Mannschaft zu schimpfen, und meinte, dass man eigentlich *Männerfußballweltmeisterschaft* sagen muss, weil es auch eine Frauenfußballweltmeisterschaft gibt.

Man konnte gut mit Anna diskutieren, sie beharrte auf ihrem Standpunkt, wechselte nicht einfach die Meinung, weil es angenehmer war. Jonas fand zwar nicht, dass man *Männerfußballweltmeisterschaft* sagen muss, aber er unterhielt sich lieber mit ihr, als dem Spiel zu folgen. Hoffentlich verliert Deutschland, sagte sie. Sie verunsicherte ihn, und er war sich bei der Hälfte ihrer Kommentare nicht sicher gewesen, wie sie sie meinte. Warum sie das Spiel ansieht, fragte er, wenn sie will, dass Deutschland verliert. Sie beugte sich zu ihm und flüsterte, dass sie nichts Besseres zu tun hat, ihre Schicht im Lindental erst um neun anfängt.

Anna erklärte Jonas, dass sie in den letzten Monaten viel mit Hannes unternommen hat und dass sie nicht daran denkt, das zu ändern, nur weil Weltmeisterschaft ist. Dass sie ihre Freunde nicht aufgeben will. Dass Jonas auch nicht besonders interessiert am Spiel zu sein scheint. Warum er hier ist? Es gefiel ihr, dass man ihn leicht ärgern konnte, er reagierte auf die kleinsten Sticheleien. Er gab zu, dass es ihm so ging wie ihr. Dass er nichts Besseres zu tun hat und dass gegen ein Bier im Biergarten nichts einzuwenden ist.

Sie hatte das Gefühl, dass er sie nicht mochte. Er wirkte arrogant, aber meistens ist Arroganz ja ein Schutzschild für schüchterne Menschen. Sie erinnerte sich nicht daran, wie das Spiel ausgegangen war, vermutlich hatte Deutschland gewonnen, sie wusste schließlich, wer am Ende Weltmeister wurde. Nach dem Spiel blieb sie nicht mehr lang, sie musste ins Lindental. Der Abend dort war ruhig, montags war nie viel Betrieb.

Das nächste Mal trafen sie sich ein paar Tage später, wieder zufällig. Es musste ein Freitag oder Samstag gewesen sein – das wusste Jonas, weil in der Bibliothek wenig los war, und wäre nicht wenig los gewesen, wären sie sich wohl nicht begegnet. Jonas wollte nach draußen an die frische Luft, eine Pause einlegen, eine rauchen. Anna stand im

Foyer vor der großen Treppe, die zum majestätischen Säulenrundgang führt. Sie wirkte verloren, es sah so aus, als würde sie schon länger dort stehen.

Sie wusste nichts mit sich anzufangen. Das passierte ihr in diesem Sommer oft. Vielleicht lag es daran, dass sie gerade ihr Studium beendet hatte; eine Lebensphase hatte aufgehört, eine neue noch nicht begonnen. Sie hatte erst zwei Bewerbungen geschrieben – sie hasste es, Bewerbungen zu schreiben, und eigentlich hatte sie keine Lust zu arbeiten. BAföG würde sie noch ein paar Monate bekommen, bis Ende September, bis das Semester vorbei war. Bis dahin musste sie einen Job finden, einen richtigen, und zu dieser Zeit hatte sie nichts anderes zu tun, als im Lindental ein bisschen Geld zu verdienen. Früher oder später würde sie Arbeit als Dolmetscherin finden, vielleicht in Berlin oder einer anderen Stadt. In Leipzig war die Arbeitsplatzsituation schlecht. Früher hatte sie immer in Wien bei den Vereinten Nationen arbeiten wollen und hatte sich lang um ein Praktikum bemüht, aber es hatte nie geklappt, und dann war sie sich nicht mehr sicher, ob es das war, was sie wollte.

In dem Sommer zog sie in eine Zweier-WG nach Connewitz. Sie und ihre Mitbewohnerin kannten sich über einen Freund, verstanden sich gut, aber sahen sich kaum. Das Internet in der Wohnung funktionierte damals bereits drei Wochen nicht. Der Vertrag lief noch auf den alten Mitbewohner, und wie so oft schaffte der Anbieter es nicht, ihn umzuschreiben, ohne dass das Internet in Mitleidenschaft gezogen wurde. Dass sie in die Bibliothek ging, weil sie im Internet surfen wollte, erzählte Anna.

An dieser Stelle unterbrach ich sie das erste Mal: Warum an einem Samstagabend? Hatte sie nicht etwas anderes vor? Sie erinnerte sich nicht daran. Wahrscheinlich waren die meisten ihrer Freunde nicht in der Stadt, und sie wollte nicht allein zu Hause sitzen und ein Buch lesen.

Zunächst war sie nicht wirklich davon angetan, Jonas zu treffen. Auf einmal schien er überall zu sein. Ob ich das kennen würde: Man findet eine Person weder richtig sympathisch noch unsympathisch. Es gibt auch keinen rationalen Grund, die Person nicht zu mögen, wahrscheinlich hat man sogar Gemeinsamkeiten und ähnliche Interessen. Gleichzeitig war sie fasziniert von ihm, berichtete sie; nicht unbedingt im positiven Sinne, sie war vor allem neugierig, wollte wissen, was das für einer ist. Nein, keine Begeisterung.

Ja, sie dachte, dass er gut aussah, doch sie fand ihn nicht attraktiv. Sie mochte den Bart – und die Brille. Er war einer dieser Möchtegern-Intellektuellen; und auch wenn sie diesen Style mochte, stieß er sie gleichzeitig ab, dieses Vor-sich-her-Tragen: Ich habe studiert, ich bin sehr schlau.

Sie war nicht hässlich. Aber keine, bei der er dachte: Wow. Das passierte ihm selten. Klar, er fand Frauen oft schön, aber das hieß nicht, dass er sie gleich begehrte. Es war ähnlich wie bei Männern: Auch deren Schönheit konnte er anerkennen. Richtig umgehauen wurde er selten. Er hatte sich in seinem Leben bisher nur in zwei Frauen verliebt, und eine davon hatte gerade mit ihm Schluss gemacht – nach sieben Jahren. Es war gar nicht so schlimm, das Ende der Beziehung war ein schleichender Prozess, seitdem fühlte er sich wie in einer Blase und versuchte, sich abzulenken, vor allem durch die Dissertation.

Er hielt nichts von One-Night-Stands und hatte das vorher nie gemacht.

Er ging die Treppe hinunter Richtung Ausgang, wollte sie gar nicht grüßen. Gerade hatte er einen Theorietext für seine Dissertation gelesen und war noch in Gedanken, aber sie stand in der Mitte des Foyers, er musste zwangsläufig an ihr vorbei und sie grüßen. Nur ein Nicken.

Er blieb nicht stehen, ging zügig Richtung Ausgang. Draußen war es ein wenig kühl. Er überlegte, seinen Pulli zu holen, doch aus Faulheit blieb er stehen – auch weil er sonst wieder an Anna vorbeigehen hätte müssen. Er stand allein vor der Albertina, und als Anna herauskam, war es offensichtlich, dass sie ihn ansprechen würde.

Wahrscheinlich machte sie einen blöden Spruch: Na, heute gar keinen Fußball glotzen? Du hast wohl samstagabends nichts Besseres vor, als in der Bibliothek zu sitzen? Auf jeden Fall sagte sie etwas Provozierendes und zwinkerte ihm zu.

Dass er Leute hasste, die zwinkerten, sagte Jonas und ich nickte. Es erinnerte ihn an seinen Lateinlehrer aus der siebten Klasse, der hatte ihm auch immer zugezwinkert und gefragt: Welcher Fall? Dativ oder Akkusativ? Und Jonas hatte sich unwohl gefühlt, weil der Lehrer das sonst mit niemandem in der Klasse machte und das Gerücht herumging, er sei schwul.

Jonas ignorierte Annas Fußball-Seitenhieb, er fragte sie nach einem Feuerzeug, sie zog eines aus ihrer Hosentasche und drehte sich selbst eine Zigarette. Woran er gerade arbeitet?

Es änderte sich jeden Tag. An manchen Tagen sprach er gern über die Doktorarbeit, an anderen reagierte er gereizt, wenn Leute danach fragten – meist, wenn es nicht gut lief. Bald arbeitete er ein Jahr daran. Er lag hinter seinem Zeitplan, war noch in der Recherchephase: Die Primärliteratur hatte er bereits gelesen, bloß die Sekundärliteratur machte ihm zu schaffen. Natürlich Connell beim Thema Männlichkeit, aber im Endeffekt waren das nur die Basics. Bei der Fragestellung zum Thema Raum schwamm er im Moment, fand nicht die richtige Theorie und las sich in Anthologien zu *Raum in der Literatur* fest.

Dass er über ukrainische Popliteratur promoviert. Sie musste lächeln, sagte ihm aber nicht sofort, warum. Jurij Andruchowytsch und Serhij Zhadan? Sie lag richtig und schmunzelte über sein erstauntes Gesicht. Es war nicht schwierig zu erraten, die beiden waren die wohl bekanntesten zeitgenössischen ukrainischen Schriftsteller. Natürlich gab es auch andere, aber die waren nicht übersetzt oder wurden nicht so breit rezipiert. Außerdem konnte sie darauf wetten, dass einer wie Jonas fast keine Literatur von Frauen las.

Ob sie die beiden kennt? Ja, natürlich, gelesen hat sie nur etwas von Andruchowytsch, genau – *Moscoviada*. Ja, interessant, es hat sie aber nicht überzeugt, zu chauvinistisch.

Wie oft er das schon gehört hatte. Diese Leute, die keine Ahnung von Literaturwissenschaft haben, die die Hauptfigur mit dem Autor verwechseln und die bloße Thematisierung von Sexismus mit deren Reproduktion. Sie diskutierten über das Buch, anfangs hatte er Angst, die Stimmung würde kippen und aggressiv werden, aber beide blieben einigermaßen sachlich.

Was sie studiert? Studiert hat, korrigierte sie ihn. Sie wusste, dass die Leute sie oft jünger einschätzten, als sie war. Dass sie dachten, sie sei 21 oder 22 Jahre alt, obwohl sie 27 war und dieses Jahr noch 28 werden würde. Translationswissenschaften, Russisch und Spanisch. Davon war er sichtlich beeindruckt. Welcher Art ihr Russlandbezug ist? Sie hatte keinen direkten Bezug zu Russland, sondern ist in der Ukraine geboren worden, und ihre Familie war Anfang der 1990er nach Deutschland gekommen. Nein, keine Kontingentflüchtlinge. Russlanddeutsche.

Er erzählte Anna, dass er selbst zwei Mal für längere Zeit in der Ukraine war, in Lwiw und in Kiew.

Sie freute sich, dass er Lwiw sagte und nicht Lemberg und dass er nicht weiter nachfragte, warum sie als Russlanddeutsche aus der Ukraine kam. Meistens dachten die Leute, sie käme aus Russland, aber Russlanddeutsche gab es nun mal auch in der Ukraine. Vielleicht war das der Moment, in dem ihre Faszination für ihn konkreter und er ihr sympathisch wurde.

Natürlich kannte er Winnyzja! – Julia, eine gute Freundin, die er in Lwiw kennengelernt hat, kam aus dieser Stadt, und er war mehrmals bei der Familie zum Essen. Er hat auch eine Zeit lang geglaubt, Julia wäre in ihn verliebt, und seine Freundin dachte das auch, Ex-Freundin, verbesserte er sich.

Winnyzja, die Stadt mit der berühmten Fontäne, sagte er, und beide lachten. Er hatte die Fontäne nie gesehen – zwischendurch dachte er, die Bewohner hätten sie erfunden, bis sich herausstellte, dass er immer zur falschen Zeit in der Stadt gewesen ist: im Winter, wenn sie ausgeschaltet war. Ein bisschen witzig war es schon, dass eine Fontäne, die das Wasser aus dem Fluss mehrere Meter hoch in die Luft spritzt, die berühmteste Sehenswürdigkeit in Winnyzja war. Touristisch gab es dort wirklich nicht viel zu holen; aber er fand die Stadt gemütlich, sie war nicht so groß und laut wie Kiew. Er mochte den Fluss, die Parks, die Straßenbahn aus Zürich, die durch die Stadt fuhr und auf der Werbung für das Zürcher Opernhaus abgebildet war.

Sie war nicht oft in Winnyzja gewesen; sie hatte kaum Kindheitserinnerungen an die Stadt, sie war mit vier Jahren von dort weggezogen und erinnerte sich vor allem an die Wohnung der Großeltern, die später nachgekommen waren. Fuhr die Familie heute in die Ukraine, besuchten sie nur Lwiw, dort wohnte eine Tante. Anna hatte kein gutes Bild von Winnyzja, sie fand die Stadt langweilig und trist – nicht so wie Lwiw, wo sie sich vorstellen konnte, einmal länger zu leben, weil sie die Stadt mit den verwinkelten Gassen mochte, und obwohl sie Hunderte Kilometer vom Schwarzen Meer entfernt war, besaß sie einen südlichen Charme, und Anna vermutete hinter jeder Ecke das Meer. Lwiw – die Stadt *der verwischten Grenzen*, die auch in Polen, Tschechien oder Österreich liegen konnte mit den Jugendstilhäusern und den hippen Kneipen.

Sein Freiwilligenjahr nach dem Abitur. Obwohl er ausgemustert wurde, weil er so schlecht sah (und wegen seines Gewichts, aber das erzählte er ihr nicht, verriet er mir), wollte er nach der Schule nicht sofort anfangen zu studieren. Er hatte nicht gewusst, welches Fach, deswegen ging er nach Lwiw und half ehemaligen NS-Zwangsarbeiterinnen und -arbeitern in ihrem Alltag. Wegen dieses Jahres in der Ukraine hatte er anschließend Ostslawistik studiert. Leipzig, weil er weg aus Frankfurt wollte; Berlin war ihm zu hip, der Osten war irgendwie anders.

Was sie heute Abend vorhat? Sie wollte ihn zuerst anlügen, sich etwas ausdenken, eine Party von einem Freund, wo sie hingehen muss, doch sie war schlecht im Lügen, und er hätte es wohl gemerkt. Sie sagte die Wahrheit: Nichts. Und du?

Dass sie nicht das Gefühl hatte, er würde irgendeinen Plan verfolgen. Die Frage nach ihren Abendplänen war nicht so direkt gemeint: Wollen wir etwas zusammen unternehmen? Sie war eher eine Floskel – etwas, das man sagt, wenn keiner mehr weiß, was er sonst sagen soll.

Es könnte sein, dass er so etwas gefragt hat. Es war doch normal, so etwas zu fragen. Er hat die Frage nicht als Vorschlag gemeint, dass sie den Abend gemeinsam verbringen sollten. Er war selbst überrascht davon, wie der Abend endete.

Auch er hatte keine konkreten Pläne, er wollte weiter an der Dissertation arbeiten, aber es wurde immer später, und es nutzte nichts, auf den Text zu starren und ihn nicht zu lesen, weil die Konzentration fehlte.

Er begann, sich zu ihr hingezogen zu fühlen. Vielleicht lag es daran, dass sie aus der Ukraine kam, aber darauf wollte er nicht festgelegt werden, er wollte nicht rassistisch erscheinen. Es war schön, dass sie etwas gemeinsam hatten – noch dazu ein Thema, worüber er nur mit wenigen Menschen sprechen konnte. Auch im Studium waren ihm nicht viele Leute mit Bezug zur Ukraine begegnet, die meisten hatten Auslandserfahrung in Russland, Belarus oder ungewöhnlichen Ländern wie Kirgisistan gesammelt. Die wenigen Kommilitonen, die mal in der Ukraine gewesen waren, mochte er nicht. Doch das traf auf die meisten Menschen zu. Vor allem jetzt, nach allem, was passiert ist, sagte er verbittert.

Dass sie sich gegenseitig Geschichten über Lwiw erzählten, über die Bars, in denen sie abgestürzt sind. Ja, die Bar am Ende der Virmens'ka, die von außen nicht als solche erkennbar war, deswegen verirrten sich nur wenige Touristen dorthin, die Eingangstür führte direkt in den Keller.

Weil sie viel über Alkohol sprachen, mussten sie zwangsläufig trinken. Bei der Albertina gab es keinen Späti in der Nähe und der Konsum hatte bereits geschlossen. Sie spazierten die Karli entlang, kauften sich am Südplatz einen kleinen Wodka und gingen Richtung Clara-Zetkin-Park.

Dass sie sich auf die Brücke setzten, es war schon dunkel. Nicht die Sachsenbrücke, auf der sich so viele Leute trafen, die andere, die kleinere, bei der Pferderennbahn. Sie waren die Einzigen darauf, manchmal fuhren Fahrradfahrer an ihnen vorbei, und wenn diese ohne Licht unterwegs waren, erschraken sie sich.

Und die Dostojewski-Phase! Dass sie alle Bücher hintereinander gelesen hat, mit 16: Erst *Schuld und Sühne*, dann *Die Brüder Karamasow, Der Idiot, Die Dämonen* – an dieser Stelle unterbrach er sie und normalerweise hasste sie es, wenn Typen sie unterbrachen und ihr etwas erklärten; vielleicht lag es am Wodka, dass sie ihn reden ließ.

Die Dämonen? Schuld und Sühne? Ob sie nicht die neuen Übersetzungen von Swetlana Geier gelesen hat? Da hieß *Schuld und Sühne Verbrechen und Strafe* und *Die Dämonen Böse Geister*. Dass diese Titel viel näher am Original sind.

Die Sympathie, die sie für ihn zu empfinden begonnen hatte, schwand wieder. Offensichtlich einer von der Sorte: Ich weiß alles besser, ein Korinthenkacker.

Vielleicht hat es die Bücher noch nicht in der Übersetzung gegeben, zu der Zeit, als sie sie gelesen hat, antwortete sie ihm.

Dass er sich sicher war, dass die Neuübersetzungen in den 2000ern erschienen sind – wie alt sie war? 27. Und er? Nur ein Jahr älter als sie und bald schon den Doktortitel in der Tasche. Sie bekam schlechte Laune.

Er konnte sich noch genau daran erinnern: Wie er die Bände von seiner Mutter zum 17. Geburtstag geschenkt bekommen und auch alle hintereinander gelesen hatte, wie sie, Anna.

Sie konnte ihm nicht lange böse sein.

Und die Pfeifen-Phase! Er ging mit einer Pfeife in die Schule und stand allein auf dem Pausenhof in der Ecke bei den Blumenbeeten und las. Und die Pfeife war natürlich viel zu stark für ihn, den Teenager. Und in der großen Pause, die 20 Minuten dauerte, traute er sich nur zweimal, an der Pfeife zu ziehen, musste dann den Husten unterdrücken – sonst wäre es peinlich geworden. Wenn es zur Stunde klingelte, die anderen Schüler bereits Richtung Klassenzimmer strömten, steckte er die Pfeife ein, zündete sich schnell eine Zigarette an und rauchte sie in hektischen Zügen, um seine Nikotinsucht zu stillen.

Da musste sie natürlich lächeln. Wie sie ihn sich vorstellte, als Nerd in der Schule, der von den anderen Schülern gehänselt wurde, der nur einen Freund hatte und die beiden verstanden sich eigentlich nicht, hatten keine Gemeinsamkeiten – nur ihre Unbeliebtheit machte sie zu Verbündeten. Er war einer dieser Außenseiter, der seine erste Freundin erst mit Anfang 20 hatte, und in dieser Zeit änderte sich auch sein Image. Dieselben Eigenschaften, die ihn früher als Nerd abstempelten, machten ihn im Studium – Geisteswissenschaften – cool, vor allem weil es im Studiengang nur wenig Männer gab.

Und natürlich Sorokin. Katja Petrowskaja war ihm zu sentimental.

Er griff ihre Katja Petrowskaja an? Sie liebte ihr Buch. Sie fand sich in der Suche nach der Familiengeschichte in der Ukraine wieder, aber wahrscheinlich konnte er, Jonas, das als weißer deutscher Mann nicht verstehen. Natürlich liebte er Sorokin. Sie sagte ihm nicht, dass sie ihn pornografisch, vulgär und eklig fand.

Er freute sich, dass er mit ihr über Literatur reden konnte. Seine Freunde hatten entweder Philosophie oder Soziologie studiert und überlegten jetzt verzweifelt, vielleicht Lehrer zu werden, nachdem sie festgestellt hatten, dass man als Geisteswissenschaftler in Leipzig keinen Job findet. Sie lasen nur Theorie, keine Literatur. Manchmal hatte er das Gefühl, sie verachteten sie sogar. Er liebte genau das an der Literatur, was seine Freunde nicht mochten: dass man keine klaren Thesen daraus ziehen konnte. Überhaupt konnte man nicht in Worte fassen, was sich in einem veränderte, nachdem man ein gutes

Buch gelesen hatte. Jonas sagte, er wäre heute ein anderer Mensch, wenn er als Jugendlicher nicht so viele Bücher gelesen hätte.

Ja, dass sie gern über Literatur sprach. Doch Jonas wurde schnell theoretisch, und er musste jedes Buch interpretieren und in einen postmodernen Zusammenhang bringen, darauf hatte sie keine Lust. Außerdem verkam mit ihm das Gespräch zum bloßen Namedropping.

Dass sie anstießen auf die Literatur, die russische! Und die ukrainische! Und überhaupt – die Literatur!

Dass sie schnell betrunken wurde, nach nur wenigen Shots, weil sie nicht zu Abend gegessen hat. Dass er noch einen Wodka hervorzauberte, obwohl sie sich sicher war, dass sie im Späti nur einen gekauft hatten. Nein, sie hat freiwillig getrunken.

Dass er sie nicht abfüllen wollte, sagte Jonas. Es war einfach ein normaler Sommerabend in Leipzig, an dem nicht viel los war, und deswegen tranken sie. Dass es von ihr ausgegangen ist. Seit der Trennung von Lisa hatte er mit niemandem geschlafen. Dass auf der Brücke noch nichts passiert ist.

Irgendwann sagte sie, sie habe Hunger, und er meinte, er würde nicht weit von hier wohnen und hätte noch etwas zu essen zu Hause. Sie schlug vor, zu ihm zu gehen. Nein, geplant hat sie nichts, erzählte Anna. Sie hat sich nichts dabei gedacht.

Er wohnte wirklich nicht weit vom Park, in der Arthur-Hoffmann-Straße.

B

Anna kannte sich in der Gegend aus, hatte in der Nähe gewohnt, ihre erste WG in Leipzig war am Körnerplatz gewesen. Dort hat sie Hannes kennengelernt, er hat sie für die WG, so nennt er es, gecastet. Sie lebten fast drei Jahre dort, bis die Miete erhöht wurde. Seitdem hat sie in vier verschiedenen WGs gewohnt, und ihre Freunde verloren allmählich die Lust, ihr bei Umzügen zu helfen: jedes Jahr einer. Vier WGs, vier Stadtteile: die Südvorstadt, Schleußig, der Osten, jetzt Connewitz. Ja, Connewitz war nicht schlecht, am liebsten hätte sie aber im Westen gewohnt. Die meisten ihrer Freunde lebten dort, aber sie hat nur Absagen von WGs bekommen.

Dass Jonas' Wohnung lange von einer Renovierung verschont geblieben ist. Die Fenster wurden zwar neu gemacht, aber die Ofenheizung ließen sich die zwei Mitbewohner nicht nehmen, sie bombardierten die Hausverwaltung mit Briefen und zögerten die Renovierungsarbeiten damit heraus.

Momo war nicht da, als die beiden kamen. Jonas war froh – er hätte nur komisch geguckt bei Annas Anblick. Er wusste, dass Momo Lisa vermisste, sie hatte in der WG für ein gutes Gleichgewicht gesorgt.

Sie tranken in der Küche weiter. Er hatte ukrainischen Wodka von der letzten Reise da. Ja, eins kam zum anderen. Ganz genau erinnerte sich Anna nicht daran – nur dass es *klassisch* gewesen war, wenig Dynamik. Beide waren sehr betrunken. Dass sie unten gelegen hat und es schnell vorbeiging. Dass das erste Mal Sex mit einer Person nie gut ist. Danach schliefen beide ein.

Jonas erinnerte sich hauptsächlich an die Sache mit dem Kondom. Weil es ihm so peinlich war. Normalerweise lagerte er eine Packung unter dem Bett, die guten, die dünnen, bei denen man mehr spürt. Aber als er unter das Bett griff, fand er nichts. Er hasste diesen Moment, wenn man fragen musste: Soll ich ein Kondom holen? Er stand auf, suchte in seinem Geldbeutel, fand nichts. Er musste das Zimmer verlassen und ins Bad gehen, weil er sich erinnerte, dort Kondome von Momo gesehen zu haben. Er wurde fündig und danach ging es schnell, obwohl das Vorspiel unterbrochen worden war. Der Geschlechtsverkehr war okay. Es war neu für ihn, mit einer anderen Frau als Lisa zu schlafen. Anna war schlanker, hatte kleinere Brüste, und er erwischte sich dabei, wie er versuchte, jahrelang einstudierte Bewegungen und Abläufe auf Anna anzuwenden, aber es klappte nicht, schließlich wusste sie nicht, was seine bevorzugten Stellungen waren. Außerdem war er ganz schön besoffen.

Ja, die Sache mit dem Kondom. Sie fand es nicht schlimm, es gefiel ihr, und es war süß, dass es ihm so peinlich war. Ein Vorteil, mit Kondom miteinander zu schlafen (abgesehen davon, nicht schwanger zu werden und keine Geschlechtskrankheiten zu bekommen): Man muss darüber sprechen. Es muss ein Konsens hergestellt werden. Man hat die Möglichkeit, Nein zu sagen, wenn die andere Person fragt: Soll ich ein Kondom holen?

Der nächste Morgen war unangenehm. Sie hatte schlecht geschlafen, war es nicht gewöhnt, mit jemandem in einem Bett zu liegen, und er hatte sich mehrmals in der Nacht in Löffelchenstellung an sie gekuschelt.

Sie war verkatert. Sie stand schnell auf, dachte sich eine Ausrede aus: Sie müsste ihrer Mitbewohnerin bei etwas helfen. Sie wollte auf jeden Fall vermeiden, mit ihm zusammen zu frühstücken, obwohl er es angeboten hatte – aus Höflichkeit.

Es war schön, mal wieder nicht allein zu schlafen. Nach der Trennung von Lisa vermisste er vor allem das Kuscheln, einen anderen warmen Körper. Er hatte das Gefühl, Anna fand es nicht gut, und er war froh, dass sie am Morgen gleich nach Hause ging, er weiterschlafen konnte. Sie ersparte beiden ein peinliches Frühstück.

Dass sie sich nicht groß Gedanken gemacht hatte. Sie hatte keine Lust auf eine Beziehung, sie war nicht verliebt. Es hatte sich eben so ergeben. Dass sie sich freute, mal wieder Sex gehabt zu haben, auch wenn er nicht gut gewesen war – sie brauchte das, für ihr Ego. Die längste Zeit ohne Sex, an die sie sich erinnerte, hatte sie im ersten Studienjahr: Sie musste sich erst mit der neuen Situation zurechtfinden und war sich mit vielem unsicher. Unsicherheit macht unattraktiv. Das hat sie im letzten Jahr gelernt, nach allem, was passiert ist. Wenn sie mit sich zufrieden war, merkte Anna, wie die Leute sie anschauten, Männer und Frauen. Wenn es ihr nicht gut ging, war sie Luft für die Menschen. Das kränkte sie.

Sie erinnerte sich, dass sie nach der Nacht bei Jonas mit ihrem MP3-Player gut gelaunt nach Hause spazierte – ihr Fahrrad stand noch an der Bibliothek –, Future Island hörte und dachte: Yeah, ich hatte Sex! Das letzte Mal lag etwa drei Monate zurück, drei Monate waren ihre Grenze. Länger ohne Sex ging wirklich nicht. Sie hatte zuvor eine Affäre mit einem ehemaligen Kommilitonen – anfangs dachte sie noch, sie wäre verliebt, doch er begann schnell, sie zu nerven.

Jonas hatte nicht weiter über Anna nachgedacht, er war nicht verliebt. Er sah sie als eine Ablenkung, um über seine Ex-Freundin hinwegzukommen. Den Sex vermisste er nicht. Er vermisste die Nähe und Lisa als Person. Die Vertrautheit. Er hatte keine Lust auf etwas Neues. Der Geschlechtsverkehr mit Anna war eine schöne Abwechslung, die letzten Wochen hatte er wenig Zeit mit anderen Leuten verbracht. Er musste sich nach der Beziehung wieder daran gewöhnen, allein zu sein. Seit Lisa Schluss gemacht hatte, kochte er nicht mehr. Das ist ihr Ding zusammen gewesen. Jetzt wurde ihm schlecht bei dem Gedanken, allein zu kochen, und er ging in der Mensa essen oder kaufte sich Fertigpizza. Mit Momo wollte er nicht kochen. Dieser ernährte sich hauptsächlich von Fleisch, und er selbst war bald zehn Jahre Vegetarier.

Dass sie sich ein paar Tage später wiedertrafen, bei einem Fußballspiel. Anna wusste nicht mehr, was sie in der Zwischenzeit gemacht hatte. Die Erinnerungen an diesen Sommer waren verschwommen. Wahrscheinlich hatte sie im Lindental gearbeitet, war am See gewesen oder vielleicht in der Albertina. Sie erinnerte sich, dass sie lange kein Internet in der neuen Wohnung hatten, deswegen las sie mehr als normalerweise, konnte wenig mit sich anfangen.

Beim Spiel Algerien–Russland. Das wusste er so genau, weil er mit Hannes an diesem Abend über den Russland-Ukraine-Konflikt diskutiert hatte – die Partie hatte den Anstoß dazu gegeben. Sie sprachen auch über Frankreich als Kolonialmacht und Parallelen zu Russlands imperialem Selbstverständnis. Anna kam später, nach dem Anpfiff.

Anna wusste nicht mehr, welches Spiel es war. Vielleicht Deutschland–Belgien? Wie immer kam sie zu spät. Sie schaffte es nie, pünktlich zu kommen, und ärgerte sich jedes Mal über sich selbst. Nicht einmal zur Arbeit kam sie pünktlich, aber ihr Chef war zum Glück kulant, und in der Kneipe standen selten um Punkt acht Gäste vor der Tür. Dass sie ewig brauchte, um zu duschen und sich fertig zu machen oder sich vom Computer zu lösen.

Anfangs saß sie neben Hannes und war vom Spiel gelangweilt, eigentlich hatte sie nur Lust, Bier zu trinken und sich zu unterhalten. Sie wollte ein Gespräch mit Hannes führen, aber schließlich wurde er sauer – er wollte das Spiel sehen. Da setzte sie sich zu Jonas, weil sie wusste, dass auch er sich nicht für Sport interessiert.

Auch mit Anna diskutierte er über den Ukraine-Konflikt, genauer: über den Majdan. Wer die Schützen waren, die während des Aufstands auf die Menge geschossen haben. Waren es Russen, ukrainische Nazis oder die Amerikaner? Er war sich mit Anna einig, dass es keine Schützen aus den USA waren, das war bloß eine Verschwörungstheorie, aber für die beiden anderen Theorien gab es genug Pro- und Kontra-Argumente.

Nach dem Spiel wollte er sofort nach Hause, er plante, am nächsten Tag früh in die Bibliothek zu gehen.

Er hätte das nicht von ihr erwartet.

Dass sie seine Reaktion absolut lächerlich fand. Als wäre sie ein Teenager und keine erwachsene Frau! So etwas hatte noch kein Typ zu ihr gesagt!

Während Jonas sein Fahrrad abschloss, die Freunde außer Hörweite waren, fragte Anna ihn, ob er mit zu ihr kommen will, sie wohnt nicht weit weg.

So direkt hatte ihn das noch nie jemand gefragt. Auch nicht indirekt. Schließlich hatte er immer eine Freundin gehabt und sich wenig für andere Frauen interessiert. Perplex, dieses Wort beschrieb seinen Zustand am besten.

Dass sie seine erste Reaktion verstehen konnte, aber nicht die zweite. Ein einfaches Nein hätte gereicht, doch er musste eine große Sache daraus machen. Es war klar, was mit ihrer Frage gemeint war, nur Sex, nichts mehr. Sie hatte keine Erwartungen gehabt, sie wollte eine unkomplizierte Affäre. Mit einem Typen, der nicht dumm war, kein Macker, einem Typen, mit dem man sich unterhalten und Spaß haben konnte. Keine Beziehung, keine Verantwortung, keine Verpflichtungen. Wie sie sich geirrt hat.

Sie akzeptierte sein Nein, sie wollte sich nicht aufdrängen. Dann schob er dieses *Äh, Anna* nach.

Er dachte, es wäre gut, die Dinge klarzustellen. Er habe kein Interesse an einer Beziehung, erklärte er ihr. Er fand sein Verhalten fair. Falsche Hoffnungen waren für niemanden etwas Schönes.

Er faselte etwas von gerade frisch aus einer Beziehung gekommen und noch nicht bereit für etwas Neues. Wie konnte er das von ihr denken? Hatte sie ihm falsche Signale gesendet und es nicht gemerkt? Sie hatte nur Lust, mit ihm zu schlafen – mehr nicht!

Er fühlte sich erleichtert. In der Woche nach dem One-Night-Stand hatte er ständig Angst, ihr in der Bibliothek zu begegnen, und stellte sich vor, wie er sich Ausreden einfallen ließ, um nicht mit ihr reden zu müssen. Zum Glück waren sie sich nicht über den Weg gelaufen.

Sie reagierte nicht auf seine Erklärungen, sagte nur Tschüss und mied die folgende Woche die Albertina. Aber in Leipzig lief man sich früher oder später wieder über den Weg.

C

Dass Hannes nichts Besonderes auffiel in dieser Nacht, am 4. Juli. Er konnte sich gut an den Abend erinnern, schließlich war es sein Geburtstag, seine Geburtstagsfeier.

Dass er die beiden das letzte Mal in der Küche in Jonas' Wohnung gesehen hat. Wann das war, fragte ich. Ungefähr um zwei oder um drei, nach Mitternacht auf jeden Fall, zu später Stunde, wie man so schön sagt. Beide waren sehr betrunken, Anna wankte. Sie klebten den ganzen Abend aneinander, lachten viel.

Doch – eine Sache fiel ihm auf. Aber nicht am Abend, erst am nächsten Tag: Er fand ein Handy auf dem Spielplatz hinter dem Haus. Der Spielplatz gehörte nicht zum Garten, auch wenn die beiden Grundstücke nicht durch einen Zaun getrennt waren und auf einer Wiese lagen. Nachdem die Gäste weg waren, schlief Hannes am Lagerfeuer ein und wachte durch das Klingeln des Handys auf. Eigentlich war es nicht besonders laut, aber er hatte einen leichten Schlaf, so ungemütlich wie er da am Lagerfeuer kauerte. Ein penetrantes Lied, es vermischte sich mit seinem Traum, er war verwirrt, als er aufwachte. Niemand war in seiner Nähe, er folgte dem Geräusch und fand ein Handy im hohen Gras neben der Rutsche – es gehörte Anna. Er hatte lang mit ihr zusammengelebt, er kannte ihr Handy. Sie hatte seit Jahren das Gleiche, ein altes Nokia, und war inzwischen der einzige Mensch aus seinem Bekanntenkreis, der kein Smartphone besaß – das war nervig, weil er ihr SMS schreiben musste –, aber er war neidisch auf die lange Akkulaufzeit.

Im Nachhinein fand Anna es ironisch, dass es in der Nacht vom 4. Juli passiert war, am amerikanischen Unabhängigkeitstag – Unabhängigkeit, sie schluckte.

Sie wusste nicht, dass das Viertelfinale der WM auf der Party gezeigt werden würde, sonst wäre sie später gekommen, nach dem Spiel. Die Wochen nach dem 4. Juli dachte sie viel darüber nach, dass sie vielleicht weniger getrunken hätte, wäre sie später gekommen – und dann wäre es vielleicht nicht passiert. Sie ging jedes Detail des Abends, an das sie sich erinnerte, wieder und wieder durch. Hätte sie Weißwein statt Gin Tonic trinken sollen? Weniger Mexikaner? Hätte das etwas geändert?

Jonas hatte es Hannes selbst angeboten. Hannes hatte darüber geklagt, wie schrecklich es sei, 30 zu werden, dass er trotzdem oder gerade deswegen eine große Party feiern will, aber nicht wusste, wo. Er wohnte in Schleußig in einem spießigen Wohnhaus mit vielen Familien, die hätten eine Gartenparty bis spät in die Nacht niemals geduldet. Jonas erzählte ihm von seinem großen Garten. Auch Momo war einverstanden, dass Hannes seinen Geburtstag in ihrem Garten feiert – unter der Bedingung, dass sich die beiden um nichts kümmern müssten und Hannes am nächsten Tag aufräumen würde.

Dass er seinen dreißigsten Geburtstag groß feiern wollte, nachdem er bei der Geburtstagsfeier eines Erasmusfreundes in Katalonien war, in den Bergen bei Barcelona: Auch der hat alle seine Freunde eingeladen, es gab eine Band, Gruppenspiele und Essen um ein Uhr nachts. Das war es, was er wollte: eine Party mit allen Freunden von früher und heute, der Familie. Wie bei einer Hochzeit, nur ohne verheiratet sein zu müssen, Hannes hielt nichts vom Heiraten. Auf seiner Geburtstagsfeier sollte es zwar keine Band, dafür das Fußballspiel, Bowle, Buffet, Lagerfeuer geben, und er freute sich, dass seine Eltern und Geschwister kamen und alte Freunde aus Göttingen.

Dass er zuerst einen großen Plasmafernseher besorgen wollte, aber dann merkte, dass es zu viel Aufwand bedeutete und zu teuer war. Deswegen beschränkte sich Hannes auf Beamer und Leinwand, sie hängten einfach ein Betttuch an die Mauer zum Nachbarn. Problematisch war nur, dass das Spiel schon um sechs begann – es war noch zu hell; und tatsächlich erkannte man den Ball schwer auf der Leinwand, aber besser als nichts.

Verena, Annas Mitbewohnerin, wusste alles über Anna und Jonas, erzählte sie. Anna hat ihr einmal abends auf dem Balkon davon berichtet. Als Hannes Verena zu seinem Geburtstag einlud, hat sie sich gefreut. Sie haben sich vorher nur ein paar Mal gesehen, da Verena kurz vorher nach Leipzig gezogen ist.

Als sie und Anna ankamen, war das Fußballspiel bereits in vollem Gange, und Anna begann sofort mit ihrem Gezeter: Was für ein Mist, nicht einmal hier konnte man sich davor retten – und sie stellte sich demonstrativ vor den Beamer. Natürlich stand sie da nur eine Sekunde: Alle Köpfe drehten sich von den Bierbänken zu ihr um und ihr schlug lauter Protest entgegen. Sie machte einen Schritt zur Seite, gab das Bild damit wieder frei, und Verena und Anna wandten sich dem Büffet zu. Anna ging kurz vor der Halbzeit auf die Toilette. Verena konnte sich so gut daran erinnern, weil in dem Moment, als Anna verschwand, die Pause begann und es unangenehm für Verena wurde: Außer Hannes kannte sie niemanden und der stand gerade bei seinen Eltern, sie wollte nicht stören.

Momo war der Erste, der auf die Frage, ob ihm etwas auf der Party auffiel oder ob sich jemand komisch verhielt, sofort mit Ja antwortete. Dass er es seltsam fand, Anna in Jonas' Zimmer anzutreffen, damals wusste er nicht, wer sie war. Jonas hatte ihm zwar von einem Mädchen erzählt, das er neulich mit nach Hause genommen hatte, aber Momo hatte sie nicht getroffen, und so stand für ihn eine fremde Person in Jonas' Zimmer und kramte in dessen Bett herum. Die Tür stand halb offen und erst dachte er, es sei Jonas, und wollte ihn fragen, wo der Weißwein war.

Jonas' Bett stand am Fenster, davor ein großes weißes Ikearegal – Momo erkannte nicht sofort, wer sich im Zimmer befand, und fragte in den Raum hinein nach dem Weißwein. Anna kniete auf der Matratze, ihr Oberkörper schnellte nach vorn und sie fixierte ihn. Ja, sie wirkte so, als wäre sie bei etwas erwischt worden. Momo kam nicht dazu, sie zu fragen, was sie dort macht, sie zischte: Ich suche etwas. Dann stand sie sofort auf und rauschte an ihm vorbei aus dem Zimmer. Wie eine aufgescheuchte Katze. Sie strahlte Aggressivität aus, er traute sich nicht, ihr hinterherzulaufen, sie weiter auszufragen, so wichtig erschien ihm der Vorfall nicht, erst im Nachhinein. Momo wollte Jonas von dem Zwischenfall in seinem Zimmer erzählen, aber als er ihn das nächste Mal auf der Party traf, dachte er nicht mehr daran.

Vielleicht hätte Anna Jonas fragen sollen, ob sie sein Zimmer betreten kann. Aber sie hat es spontan entschieden. Sie ging hoch in die Wohnung, um die Toilette zu benutzen, und als sie an Jonas' Zimmer vorbeikam, fiel ihr ein, dass sie ihr blauweißes Halstuch hier vergessen haben könnte. Obwohl es Sommer war, trug sie es oft nachts beim Fahrradfahren. Sie hatte schon an vielen Stellen danach gesucht, im Lindental, zu Hause, hatte am Infoschalter in der Bibliothek nachgefragt. Eigentlich war es kein besonderes Tuch, aber sie hatte es damals, vor vier Jahren, in Tel Aviv auf einem Flohmarkt gekauft und es bedeutete ihr viel. Es erinnerte sie an gute Zeiten.

Jonas' Zimmer war nicht fremd für sie. Sie fand es nicht ungewöhnlich oder unhöflich, dass sie hineinging. Außerdem stand die Tür offen. Sie hatte vor, nur einen kurzen Blick hineinzuwerfen, wenn das Tuch da wäre, würde sie es sofort sehen, aber sie sah es nicht und dachte, dass es im Bett unter einem Kissen liegen könnte.

Dieser Mitbewohner von Jonas tat so, als wäre sie eine Einbrecherin. Sie hatte keine Lust, sich vor ihm zu rechtfertigen und verließ schnell das Zimmer.

Als Anna wieder im Garten war, zerrte sie Verena an die selbst gebaute Bar aus Bierkästen und Holz und lud sie auf einen Gin Tonic ein. Verena hatte nicht vor, überhaupt zu trinken. Sie wollte am nächsten Tag fit sein, um für die Uni zu arbeiten, doch sie ließ sich schnell von Anna überzeugen. Anna hatte einen ziemlichen Zug drauf. Sie wirkte wütend und aufgebracht, erzählte Verena aber nicht, worüber. Die beiden wohnten erst seit zwei Monaten zusammen, sahen sich nur ab und zu, ungefähr einmal in der Woche begegneten sie sich in der Küche und hatten jedes Mal gute Gespräche, auch über Persönliches. Zum Beispiel unterhielten sie sich viel über Typen. Aber ihre Beziehung war noch keine Freundschaft, es gab kein Vertrauen, keine Vertrautheit zwischen ihnen. So merkte Verena zwar, dass etwas mit Anna los war, traute sich aber nicht, sie danach zu fragen. Überhaupt war Anna ein wenig launisch: An manchen Tagen war sie offen und gutgelaunt, war immer für ein Gespräch zu haben, an anderen Tagen sagte sie kaum Hallo und verschwand sofort in ihrem Zimmer. Verena hatte das Gefühl, dass es schwierig war, Anna wirklich nahe zu kommen.

Anna wusste, dass Jonas auf der Party sein würde, schließlich fand sie in seinem Garten statt. Sie hat erwartet, dass es unangenehm werden könnte. Doch dass er sie penetrant ignorieren würde, hätte sie nicht gedacht. Als sie in die Runde grüßte, drehte er den Kopf weg, unterhielt sich weiter, sah sie nicht an. Das war kindisch.

Absichtlich ignoriert hatte Jonas sie nicht. Zu Beginn der Party, während des Fußballspiels, hatte es einfach keine Gelegenheit gegeben, sich zu begrüßen oder zu unterhalten. Außerdem waren viele Leute da, sodass man sich leicht übersehen konnte. Das erste Mal sprachen sie miteinander, als sie sich am Büffet trafen.

Anna sagte zu Verena: Jetzt reicht's! Das ist mir zu blöd!, und sie ging mit dem Glas in der Hand zum Büffet, wo Jonas stand.

Jonas sagte, dass Anna natürlich wieder sticheln musste, wegen des Spiels, und dass sie es beschissen fand, dass Deutschland gewonnen hat und sie gezwungen wurde, das Spiel zu gucken. Dann sprachen sie über das Essen, nahmen gleichzeitig von der Mousse au Chocolat und waren sich einig, Schokolade ist besser als Vanille.

Zu Beginn war das Gespräch angespannt, Anna war gereizt, doch als sie sich an einen Tisch setzten und aßen, wurde es lockerer, und sie unterhielten sich gut.

Verena hat nur am frühen Abend, etwa zwischen dem Spiel und der späteren Geschenkübergabe, mit Anna und Jonas gesprochen. Sie aß mit den beiden am Tisch, immer wieder stand jemand auf, holte Nachschub vom Büffet. Worüber sie sich unterhielten, wusste sie nicht mehr.

Es war eine Party, bei der man leicht Leute kennenlernte, und Verena fand schnell ein paar Freunde von Hannes, mit denen sie sich gut verstand.

Mehrere Gäste gaben an, dass sie Anna und Jonas den ganzen Abend zusammen gesehen haben und dass es schwierig war, mit ihnen ins Gespräch zu kommen – sie wollten entweder allein sein oder sprachen über Dinge, bei denen niemand mitreden konnte. Zum Beispiel

Stefan: Er war ein alter Studienfreund von Hannes aus Göttingen und hatte versucht, sich mit Anna und Jonas über die WM zu unterhalten, aber offensichtlich hatten die beiden kein Interesse daran, reagierten abweisend und er verzog sich schnell wieder.

Hannes war ein guter Gastgeber, sagte Anna. Dass er bei allen Grüppchen die Runde machte und auch bei ihnen vorbeikam und sich an ihren Tisch setzte. Gegen acht, halb neun war das, als die Leute bereits angetrunken waren und immer noch welche kamen, die ersten aber schon nach dem Spiel die Party verließen und weiterzogen – sie hatten wohl mehrere soziale Verpflichtungen auf einmal. Die drei sprachen über Belangloses: über den Garten, die steigenden Mietpreise, wie es war, 30 zu werden.

Jonas rechnete nicht damit, noch einmal ein gutes Gespräch mit Anna zu haben; und so, wie sie das letzte Mal auseinandergegangen waren, dachte er, dass sie sich aus dem Weg gehen und es nur beim Grüßen belassen würden.

Er mochte die meisten Menschen nicht. Er hatte keine Lust auf Hannes' Freunde, er kannte sie nur oberflächlich und verabscheute Small Talk. Das war das Gute an Anna: Mit ihr riss der Gesprächsfaden nie ab; und obwohl sie sich erst dreimal getroffen hatten, gab es zwischen ihnen eine Vertrautheit, als würden sie sich schon länger kennen. Vielleicht weil sie Sex gehabt hatten.

Anna gab es nicht gern zu – aber sie und Jonas waren *auf einer Wellenlänge*. Natürlich kannte sie die meisten von Hannes' Freunden; er war ein treuer Typ, seine Freunde waren noch die gleichen wie früher, als Hannes und Anna noch zusammenwohnten und mehr Zeit miteinander verbrachten. Die meisten von ihnen langweilten Anna. Vielleicht war das einer der Gründe, warum sie sich den ganzen Abend mit

Jonas unterhielt: Es war schön, dass es jemand Neuen im Freundeskreis gab, Anna nicht mit den immer gleichen Leuten reden musste.

Anna sprach ihm nicht nach dem Mund, das machte sie interessanter als die meisten Menschen. Jonas erzählte, dass er den Eindruck hatte, er strahle etwas aus, das Leute oft dazu brachte, ihm zuzustimmen. Wahrscheinlich, weil er rhetorisch versiert war und die meisten in Grund und Boden reden konnte. Bei Anna war es genau andersherum: Sie sagte immer das Gegenteil von dem, was er sagte – vielleicht auch nur, um ihn zu provozieren. Wenn er sagte, Putins Expansionspolitik in der Ukraine ist nicht in Ordnung, sagte sie, dass schließlich die EU auch versucht, ihren Einflussbereich zu erweitern und dass Russland darauf reagieren muss. Wenn er sagte, er ist solidarisch mit Israel, sagte sie, dass die Siedlungspolitik der Israelis im Westjordanland nicht zu vertreten ist. Wenn er sagte, er findet es wichtig, zu gendern und benutzt in seiner Doktorarbeit beispielsweise das Sternchen, nicht den Unterstrich, sagte sie, sie passt es immer der Situation an, ob sie gendert oder nicht. Für sie kommt es auf den Kontext an.

Vielleicht waren ihre unterschiedlichen Meinungen der Grund, warum sie den ganzen Abend zusammen waren, es wurde nie langweilig.

Anna widersprach Jonas nicht absichtlich. Sie hatte den Eindruck, manchmal formulierte er Dinge ungenau, unscharf; vielleicht wirkte das auf ihn, als wäre sie immer anderer Meinung als er – dabei fand sie ihre Standpunkte oft ähnlich.

Natürlich trank Hannes auch mit den beiden einen Schnaps. Er ging mit der Wodkaflasche und einem Glas Salzgurken von Tisch zu Tisch und sie tranken auf das Leben und die Freundschaft und die Liebe und den Garten und die Party und das Essen.

Dass Hannes nicht einschätzen konnte, wie betrunken Anna zu

dem Zeitpunkt war, als alle noch aßen, weil er selbst schon gut einen sitzen hatte, aber er ging davon aus, dass sie viel abkonnte – schließlich arbeitete sie in einer Bar. In der Regel vertrug Hannes weniger als Anna, obwohl er größer und schwerer war; aber sie hatte mehr Übung und trank gern einen über den Durst. Hannes dachte laut darüber nach, wie viel Alkohol Anna in den letzten Jahren konsumiert hat: viel, fast jeden Tag. In der Zeit, als sie noch zusammenwohnten, hat er es bemerkt – aber auch sonst. Sie sahen sich oft in der Bibliothek und sprachen darüber, was sie am Abend vorher gemacht haben und bei Anna kam fast immer Alkohol in ihren Geschichten vor. Auch wenn sie sich verabredeten, tranken sie. Er konnte sich an kein Mal erinnern, bei dem es nicht so war.

Jonas sagte, dass er nicht darauf achtete, wie viel Anna an dem Abend getrunken hat, und dass er selbst viel gesoffen hat.

Offensichtlich hat sie viel getrunken, sagte Anna, vielleicht wäre der Abend sonst nicht so verlaufen. Sie hasste sich dafür, die Kontrolle verloren zu haben. Das passierte ihr sonst nie. Auch nicht unter Alkoholeinfluss. Andere Drogen hat sie nicht genommen.

In seinem Freundeskreis war die einzige Droge, die konsumiert wurde, Alkohol – nichts Chemisches, manchmal Gras, schilderte mir Hannes. In Leipzig verlief die Grenze zwischen Freundeskreisen: in manchen wurde Alkohol getrunken, in anderen harte Drogen konsumiert. Menschen passen sich an, sagte er. Hannes kannte wenige Leute, die beides taten. Er konnte sich nicht vorstellen, dass irgendwer irgendwem etwas in ein Getränk mischen würde, nicht in Leipzig, nicht auf dieser Party.

Es war nur Alkohol im Spiel, sagte Jonas.

Dass ihr Gespräch erst unterbrochen wurde, als die Sache mit dem Lied losging, die Geschenkübergabe. Obwohl sie die meisten von Hannes' Freunden seit Jahren kannte, war sie nicht mit ihnen befreundet. Woran genau das lag, konnte sie nicht sagen; sie mochte keine Cliquen. Dass sie kein Geschenk für Hannes hatte, sie hatte seinen Geburtstag vergessen und die Einladung zu seiner Party kam kurzfristig, sie hatte es nicht mehr geschafft, etwas zu besorgen. Aber kein Geschenk war besser als dieses Theater, das seine Freunde aufführten: Fünf von ihnen hatten sich verkleidet, sahen aus, als wären sie gerade aus den 1920er Jahren hergebeamt worden oder vielmehr so, wie sie sich die 20er vorstellten: Anzug, Hütchen, Seitenscheitel, lange schwarze Zigarettenspitzen. Sie stellten sich in einer Reihe auf und sangen ein Lied von Brecht.

Denn für dieses Leben
ist der Mensch nicht schlau genug
niemals merkt er eben
allen Lug und Trug.

So viel Pathos!, sagte Jonas. Brecht war unerträglich.

Anna empfand nur Fremdscham. So etwas passte auf eine spießige Hochzeit oder auf den Geburtstag eines 60-Jährigen, aber hier war es völlig fehl am Platz. Es dauerte auch viel zu lang:

Der Mensch ist gar nicht gut
drum hau ihn auf den Hut
hast du ihn auf den Hut gehaut
dann wird er vielleicht gut.

Bei diesem Teil des Liedes wurde es noch schlimmer, denn das Lied wurde wörtlich performt, dem einen wurde auf den Hut geschlagen und er fiel theatralisch in Ohnmacht und sackte zu Boden.

Dass Jonas zu ihr blickte und die Augen rollte, sie verstand sofort, was er meinte: Diese Performance war einfach nur peinlich. Jonas ließ seinen Zeige- und Mittelfinger auf dem Tisch entlanglaufen, ein Zeichen, dass sie abhauen sollten, und sie nickte. Auf dem Weg zum nächsten Späti lästerten sie lautstark über Hannes' Freunde.

Eigentlich drehte Jonas lieber selbst, aber Anna spendierte Filterzigaretten und sie rauchten sie auf der Straße vor dem Späti, erzählte Jonas. Doch die Harmonie hielt nicht lange an.

Die ganze Straße war voll von Deutschlandfähnchen, die Autofahrer hatten sie an ihren Fenstern befestigt und einer hatte es besonders übertrieben: Er hatte eines an jeder Tür, und sogar die Seitenspiegel waren mit den Nationalfarben bedeckt. Bei so einem Anblick könnte sie kotzen. So viel Fußball und Nationalstolz. Sie begann, die Fähnchen abzumachen.

Die Sonne war gerade untergegangen, aber es war noch nicht komplett dunkel, jemand hätte sie sehen können. Jonas versuchte, Anna davon abzubringen, aber es war ihr egal, sie fummelte weiter an einem Seitenspiegel.

Zuerst fand sie es lustig, dass er sich so anstellte. Was sollte schon passieren? Im schlimmsten Fall kam der Autobesitzer, und sie würden einfach schnell davonlaufen. Dann wurde seine Stimme lauter, sie sollte aufhören.

Was sein Problem ist, sie blaffte ihn an. Sie war wie ein kleines bockiges Kind: Seine Reaktion brachte sie erst recht dazu, weiterzumachen, erklärte Jonas.

Ja, vielleicht hatte sie es auch gemacht, um Jonas ein wenig zu ärgern, sagte sie. Und sie war zu diesem Zeitpunkt schon ziemlich betrunken, sonst hätte sie es nicht gemacht. Alkohol machte sie aggressiv.

Es machte ihn wütender, als er gedacht hätte. Er fand die Deutschlandfahnen auch nicht toll, aber sie hatte nicht das Recht zu bestimmen, wie andere Menschen zu sein hatten. Ihr Verhalten war paternalistisch, herablassend, und sie war keine 16 mehr.

Er lief rot an, drehte sich weg und ging in Richtung Party davon, ohne ein Wort zu sagen. Sie ließ von den Fähnchen ab, lief ihm hinterher, holte ihn ein, schweigend gingen sie nebeneinander. Auf der Party trennten sie sich.

Über die Situation mit den Fähnchen dachte Anna in den Wochen nach der Party oft nach. Sie suchte nach einem Grund, der Jonas dazu brachte, das zu tun, was später in der Nacht passierte. War sie zu weit gegangen? Wollte er sich an ihr rächen? Was störte ihn so sehr an der Sache mit den Fähnchen? Dass sie nicht auf ihn hörte? Nicht das machte, was er wollte?

Verena sprach nur zweimal an diesem Abend länger mit Anna: das erste Mal am frühen Abend, als sie gemeinsam auf der Party ankamen, und das zweite Mal nach der Brecht-Performance. Danach sah sie Anna länger nicht und lernte zwei nette Frauen kennen, die auch aus Berlin nach Leipzig gezogen waren, und sie tauschten sich darüber aus, wie angenehm es war, in einer kleinen Stadt zu leben, mehr Ruhe, kürzere Wege. Als Anna wiederkam, setzte sie sich wortlos neben Verena ans Feuer, starrte hinein, wirkte unzufrieden. Verena dachte sich nichts dabei. Sie kannte Annas Launen, konnte sich damit arrangieren, sich auf Annas Bedürfnisse einstellen. Sie saßen nebeneinander am Lagerfeuer und schwiegen.

Wieder auf der Party, ging Jonas von einer Gruppe zur nächsten, sprach mit unterschiedlichen Leuten: mit Hannes und seiner Familie, einem Typen aus einem seiner Seminare, einem Bekannten, der auch beim letzten WM-Spiel im Biergarten war. Er konnte sich nicht mehr an die Gespräche erinnern – oberflächliches Geplänkel, wie er sagte.

Ja, er trank weiter. Mit Hannes als Gastgeber war es schwer, das zu vermeiden: Hannes legte etwa alle halbe Stunde den Arm um Jonas und fragte: Na, noch ein Schnäppes? Neinsagen war keine Option, und sie kippten den Wodka hinunter, bissen von der Salzgurke ab.

Das Trinkspiel hätte sie nicht mitspielen sollen. Am Lagerfeuer, ein Quiz, es ging chaotisch zu, die Leute riefen durcheinander: Uli las die Fragen vor, es gab keine Teams, jeder konnte eine Antwort in die Runde rufen, wer falsch lag, musste einen Shot trinken. Das Thema des Quiz war Kaffee.

Wie heißt das Getränk? Ein Drittel Espresso, zwei Drittel geschäumte Milch.

Cappuccino, rief Anna übermütig.

Falsch!, schallte es ihr entgegen. Flat White.

Zur Strafe musste sie einen Mexikaner trinken. So ging es weiter: Espresso und Milchschaum?

Latte macchiato!

Nein! Espresso macchiato.

Anna hatte sich für eine Kaffeefeinschmeckerin gehalten, zumindest trank sie sehr viel Kaffee, und wenn sie nicht morgens nach dem

Aufstehen sofort einen trank, bekam sie starke Kopfschmerzen, die sich vom Nacken bis zur Stirn zogen – das waren wohl Anzeichen einer Sucht. Aber sie hatte sich geirrt, ihre Kaffeekenntnisse waren überschaubar – neben Cappuccino und Latte macchiato gab es viele Zubereitungsarten, von denen sie noch nie gehört hatte. Sie rief trotzdem beherzt diese beiden Sorten in die Runde, lag wieder und wieder falsch und trank Mexikaner um Mexikaner.

Irgendwann saß er wieder neben ihr.

Er wollte sich nicht zu ihr setzen. Erst waren drei Personen zwischen ihnen auf der Bierbank, aber die verschwanden allmählich, gingen nach Hause oder aufs Klo oder ihnen wurde es am Feuer zu heiß. Anna lallte. Dass sie mit ihm einen Pfeffi auf Freundschaft trinken wollte. Er willigte ein, sie überkreuzten ihre Arme und ihre Gesichter kamen sich beim Trinken nahe.

Geplant hatte er nichts.

Sie wusste nicht, wie spät es war, als sie am Lagerfeuer saßen und tranken. Vielleicht hatte sie da schon die Kontrolle verloren.

Hannes saß eine Zeit lang am Lagerfeuer neben ihnen. Er wollte sich ins Gespräch einklinken, aber er verstand nicht, worum es ging. Dabei war Gespräch eigentlich der falsche Ausdruck: Beide waren schon sehr betrunken, warfen sich eher Dinge und Namen an den Kopf, reagierten nicht aufeinander, waren laut.

Da hat Hannes sie zum letzten Mal gesehen. Nein, er verbesserte sich sofort. Später: Er hatte Jonas geholfen, Anna in die Wohnung zu bringen, zuvor lagen sie sich in den Armen, taumelten.

Anna wusste nicht mehr, wessen Idee es war, auf den Spielplatz zu gehen. Sie konnte sich nicht an alles erinnern, was in dieser Nacht passiert war. Zwischen den einzelnen Orten hatte sie Lücken in der Erinnerung: Späti, Auto mit Fahne. Schnitt: Lagerfeuer. Schnitt: Spielplatz. Der Weg zum Spielplatz existierte in ihrem Kopf nicht.

Dass es Annas Idee war. Sie war sehr betrunken, wollte weg von den Leuten und der Hitze am Feuer, die ihre Betrunkenheit verstärkte. Eigentlich hatte Jonas keine Lust darauf, aber als sie aufstand und stolperte, dabei fast ins Lagerfeuer fiel, dachte er, es wäre besser, sie nicht allein zu lassen. Am Ende würde sie irgendwo betrunken einschlafen und keiner wüsste, wo.

Er war genervt von ihr, sagte er. Sie schafften es nicht weit, weil Anna dachte, sie müsste sich übergeben. Sie waren nur bis zum Spielplatz gekommen, Anna setzte sich auf die Rutsche und er stand daneben – bereit, ihre Haare hochzuhalten.

Dass sie kotzen wollte, erinnerte sich Anna.

Das letzte Mal sah Verena Anna und Jonas an diesem Abend auf dem Spielplatz. Sie hatte Anna gesucht, wollte mit ihr zusammen nach Hause gehen, fragte ein paar Leute, ob sie sie gesehen hätten, und einer am Lagerfeuer deutete Richtung Schaukel und Rutsche.

Der Spielplatz lag nicht weit vom Garten entfernt. Früher war er durch einen Zaun abgetrennt gewesen, erzählte Jonas, aber jetzt renovierte die Stadt ihn und ließ den Zaun abreißen.

Verena war schlecht im Schätzen. Es waren etwa 300 Meter vom Feuer bis zum Spielplatz. Man konnte sehen, dass dort Leute waren, aber nicht erkennen, wer. Erst als sie sich durch das hohe Gras gekämpft hatte, war sich Verena sicher, dass es Anna und Jonas waren.

Warum sie nicht zu ihnen ging und warum sie Anna nicht nach Hause brachte?, hakte ich nach. Sie wollte die beiden nicht stören. Als Verena in Sichtweite kam, sah sie, wie sie sich küssten. Sie ging allein nach Hause.

Anna sagte, sie hätten sich nicht geküsst.

Dass Anna sich zum Glück doch nicht übergeben musste, erzählte Jonas. Als er sich zu ihr hinunterbeugte, um nachzusehen, ob es ihr gut ging, strich er ihr die Haare aus dem Gesicht und sie küsste ihn – und er automatisch zurück.

Es war kein guter Kuss. Anna schmeckte nach Alkohol, und er war nicht mehr in der Lage, sein Gleichgewicht zu halten. Der Kuss dauerte nicht lang. Anna kippte nach hinten um, lag ausgestreckt auf der Rutsche, lachte zuerst hysterisch, schlief dann plötzlich ein. Er konnte es nicht fassen. Da lag sie, auf dem Rücken, laut atmend. Er wiederholte ihren Namen, stupste sie an, doch sie wachte nicht auf.

Was hätte er denn tun sollen? Er konnte sie nicht so liegen lassen. Sie war nicht mehr in der Lage, allein nach Hause zu finden. Er verließ Anna und lief zurück zur Party, suchte Verena, sie hätte sich um Anna kümmern können, aber sie war schon gegangen. Anna war ungefähr so groß wie er, aber leichter. Er brachte sie in sein Zimmer.

Sie wachte erst auf, nachdem er sie mehrmals angestupst hatte, sagte Anna. Auf ihn gestützt konnte sie ins Haus gehen. Währenddessen war sie bei Bewusstsein.

Hannes half Jonas, Anna die Treppen hochzubringen. Die Wohnung lag im dritten Stock, Anna hätte es allein nicht geschafft. Sie war so betrunken, sie konnte nicht mehr stehen, und es war besser, wenn sie bei Jonas übernachtete. Jeder vernünftige Freund hätte so gehandelt.

Wenn die Freunde so betrunken waren, dass sie wankten und einschliefen, musste man sich um sie kümmern. Das war selbstverständlich.

Dass Hannes die beiden in der Küche allein ließ und sie den Rest des Abends nicht mehr sah. Immer mehr Leute verließen die Party, und schließlich saß er mit seinem Bruder und einem Freund allein am Lagerfeuer, bis nur noch die Asche glimmte. Als er aufwachte, brannte die Sonne auf seinen Kopf.

Er dachte später oft darüber nach, ob er etwas falsch gemacht hatte. Hätte er die beiden nicht allein lassen dürfen? Hätte er ein Taxi rufen sollen? Hätte Anna bei ihm zu Hause schlafen sollen?

Dass Annas Filmriss auch die Zeit zwischen Spielplatz und Wohnung mit einschloss. Dass sie sich nicht daran erinnern konnte, wie sie in die Wohnung kam, sagte sie. Sie kam erst wieder in Jonas' Bett zu sich, als Jonas ihr die Hose auszog.

Hannes fand Annas Handy am nächsten Tag im hohen Gras neben der Rutsche. Erst ein paar Tage später brachte er es ihr zurück, als er bei ihr in der Gegend war. Er merkte sofort, dass es ihr nicht gut ging.

Dieses Lied. Hätte das Handy nicht geklingelt, hätte er es nicht gefunden. Der Spielplatz war schließlich nicht Teil des Gartens. Die ganze Woche hatte er einen Ohrwurm vom Klingelton:

Your stare was holdin',
Ripped jeans, skin was showin'
Hot night, wind was blowin'
Where do you think you're going, baby?

Hey, I just met you, and this is crazy
But here's my number, so call me maybe.

D

Dass ihm die junge Frau bekannt vorkam. Sie war kein Stammgast, das wusste er sofort. Er kannte die meisten Anwohner und regelmäßigen Kunden und konnte sich Gesichter gut merken, das war wichtig für einen Spätibesitzer.

Diese Zeit der Fußballweltmeisterschaft hat er gut im Gedächtnis behalten, sagte er. Früher mochte er keinen Fußball, erst seitdem er in Deutschland lebte, ist er Fan. Fußball ist den Deutschen wichtig, und er unterstützt die Nationalmannschaft. Dass er alle Spiele in diesem Sommer gesehen hat: Er stellte einen Fernseher und zwei Bierbänke vor den Späti, und die Leute aus der Straße setzten sich gern dorthin, guckten gemeinsam die Spiele. In seinem Laden gab es keinen Konsumzwang, erzählte er stolz, trotzdem freute er sich, wenn die Leute ein Getränk kauften.

An diesen einen Tag im Juli erinnerte er sich gut, er hatte Ärger mit dem Ordnungsamt. Zwei Beamte wollten eine Erlaubnis sehen, andernfalls müsste er eine Strafe bezahlen. Man darf nicht einfach Bierbänke auf den Fußgängerweg stellen, wo käme man denn da hin, sagten sie, und fragten, ob er das GEMA-Formular ausgefüllt habe, ohne das kein Public Viewing.

Also räumte er die Bänke und den Fernseher wieder hinein, und natürlich machte es sich in den Verkaufszahlen bemerkbar, und der Späti war zu klein, um drinnen zu sitzen und die Spiele anzuschauen. Am Tag, an dem das Ordnungsamt kam, spielte Deutschland gegen Frankreich im Viertelfinale. Spannendes Spiel, sagte Basil, die Deutschen haben es den Franzosen gezeigt.

Von einem streitenden Pärchen wusste er zunächst nichts. Auf die Deutschlandfähnchen angesprochen, kam seine Erinnerung zurück. Ja, diese beiden jungen Leute, sagte er. Er war sehr wachsam gewesen, denn das Ordnungsamt hatte ihn auch wegen der Lautstärke ermahnt, Nachtruhe ab 22 Uhr. Oft standen die Leute, nachdem sie etwas gekauft hatten, noch ein paar Minuten vor seinem Späti, unterhielten sich, rauchten eine Zigarette.

Diese zwei waren besonders laut. Es war nach zehn Uhr und dunkel. Sie gingen einfach nicht weg, stritten lautstark. Er trat auf den Fußweg, um sie über die Nachtruhe aufzuklären, da sah er, wie das Mädchen eine Fahne vom Auto abbrach. Er flüchtete zurück in den Späti – damit wollte er nichts zu tun haben! Sachbeschädigung! Zum Glück kehrte danach Ruhe ein, sie gingen weiter.

Dass er das Mädchen nicht gleich wiedererkannt hatte. Für einen Samstag war es früh, vor zehn, er hatte noch geschlossen. Als sein Laden neu war, hatte er am Wochenende immer erst mittags aufgemacht, aber er merkte schnell, dass es die Zielgruppe der Frühaufsteher gab: Sie waren auch am Wochenende, wenn sie nicht arbeiten mussten, frühmorgens wach, wollten eine Zeitung kaufen oder Eier, Milch. Er füllte mit seiner frühen Öffnungszeit eine Marktlücke: Er war der einzige Späti in der ganzen Südvorstadt, der so früh öffnete, das sprach sich herum, erzählte er.

Aber dieses Mädchen war schon vor zehn da, früher als die üblichen Morgenlichter, und sie sah ihn im Laden, klopfte an die Scheibe. Er schüttelte den Kopf und signalisierte mit abwehrenden Handbewegungen, dass er noch geschlossen hatte, aber sie klopfte penetrant weiter. Einem Mann hätte er nicht geöffnet, aber für eine schöne Frau macht man eine Ausnahme.

Zuerst dachte er, sie käme vom Feiern. Er kannte diese Klientel, oft waren sie seit Stunden wach, noch auf Drogen, waren hektisch, überdreht, kauten angestrengt, und man sah ihnen an, dass sie die Nacht durchgetanzt hatten, dass ihr Körper erschöpft, doch ihre Sinne wach waren. Aber so oft hatte er dieses Publikum nicht. Sie waren schließlich nicht in Berlin, und die angesagten Leipziger Clubs waren weiter weg, nicht in seiner Laufnähe.

Leute, die gesoffen hatten und lang wach gewesen waren, erkannte man unmissverständlich an ihrem Mundgeruch. Dieses Mädchen passte zu keiner der beiden Gruppen. Ja, sie hatte eine starke Fahne! Doch er bemerkte: Hinter ihr lag keine ausgelassene Nacht, sie wirkte verzweifelt, in Eile, als sei ihr das Herz gebrochen worden. Er hatte eine gute Menschenkenntnis, das gehörte zu seinem Beruf, und dieser jungen Frau sah er an, dass sie einen schlechten Abend hinter sich hatte, mit zu wenig Schlaf und zu viel Alkohol. Sie wollte unbedingt Zigaretten, und weil sie so durch den Wind war, schenkte er ihr ein Feuerzeug dazu.

Hannes brachte Anna ihr Handy ein paar Tage nach seinem Geburtstag zurück. Er hatte ihr bei Facebook geschrieben, er habe es gefunden, aber sie antwortete nicht auf seine Nachrichten, obwohl er sehen konnte, dass sie sie gelesen hatte. Als er in der Nähe ihrer Wohnung war, fuhr er bei ihr vorbei. Dass es dauerte, bis sie öffnete, erzählte er. Er klingelte mehrere Male, fast hätte er aufgegeben, doch als er sich gerade umdrehte, um zu gehen, hörte er das Geräusch des Türöffners und drückte schnell mit dem Fuß gegen die Tür. Anna sah schrecklich aus. Sie hatte fettige Haare, Augenringe, sie sah aus, als hätte sie seit Tagen nichts gegessen und wäre eben das erste Mal vom Bett aufgestanden. Es war nicht zu übersehen, dass es ihr schlecht ging. Sie wollte ihn nicht hineinlassen, war kurz angebunden, versteckte sich halb hinter der offenen Wohnungstür, blickte zu Boden – damit er ihre verheulten Augen nicht sah? Dass er weniger als eine Minute dort war. Anna nahm das Handy entgegen, bedankte sich leise, antwortete nicht auf seine Fragen, schlug die Tür zu.

Dass Hannes sich natürlich Sorgen machte. So hat er Anna noch nie gesehen. Aber er hatte nicht das Gefühl, er könne intervenieren oder Anna sei ernsthaft gefährdet. Ja, zugegeben, er hatte andere Dinge im Kopf und dachte nicht länger darüber nach. Er vermutete, es sei eine von Annas Stimmungen, wie er es nannte. Dass er mit so etwas nie gerechnet hätte.

Seine Freundschaft mit Anna kannte Höhen und Tiefen, es gab immer wieder Zeiten, in denen sie nicht viel Kontakt hatten. Über Gefühle sprachen sie wenig. Dass Anna immer wieder depressive Phasen hatte, aber er hatte meist den Eindruck, sie käme allein da raus. Sie brauchte ihn als Freund nicht dafür. Er dachte nicht, dass es dieses Mal anders sei.

Wann er das erste Mal davon hörte? Jonas persönlich hatte es ihm erzählt.

Verena sagte, sie war nach Hannes' Party zu ihren Eltern nach Berlin gefahren, um zu lernen. Sie war im Prüfungsstress, und nach dem Sommer stand ihre erste Staatsprüfung für das Lehramt an. Bei ihren Eltern konnte sie sich besser konzentrieren. Als sie nach etwa zwei Wochen nach Leipzig zurückkehrte, lief sie Anna die ersten Tage in der Wohnung nicht über den Weg. Sie fand es nicht ungewöhnlich, schließlich waren sie nicht die besten Freundinnen. Es wäre natürlich schön gewesen, hätte Anna sie begrüßt, als sie nach dieser längeren Abwesenheit wieder nach Hause kam. Doch Annas Tür war zu. Verena sah sie nicht, hörte sie nur. Sie hörte, wie sie die Tür öffnete und aufs Klo schlich, wenn Verena in ihrem Zimmer war. Hörte, wie sie sich Kaffee machte, wenn Verena gefrühstückt und die Küche verlassen hatte. Verena vermutete, Anna war schlecht gelaunt oder gestresst. Schon vor der Abreise hatte das WG-Leben von Anna und ihr nicht so zusammengepasst. Ihr Tagesrhythmus war zu unterschiedlich, und Anna war – Verena stockte – nicht besonders ordentlich. Wahrscheinlich war jetzt aber nicht der richtige Moment, um zu lästern, sagte sie.

Dass sie nicht auf Annas Essverhalten achtete. Sie teilten ihre Lebensmittel nicht, jede kaufte für sich ein, nur manchmal nahm eine Milch für den Kaffee von der anderen.

Schließlich trafen sie sich doch im Flur, Annas Versteckspiel konnte nicht ewig funktionieren. Verena fragte, ob es ihr nicht gut gehe. Anna verneinte die Frage, obwohl es eindeutig war, dass das Gegenteil zutraf, aber Verena traute sich nicht nachzubohren.

Sie erinnerte sich nicht, wann sie das erste Mal davon hörte – Anna hat es ihr nicht erzählt, irgendwann wussten es einfach alle.

Anna sagte, sie hatte zwar einen Filmriss, aber keinen durchgehenden. Es waren nur einzelne Momente und Situationen, die fehlten. Wie kam sie vom Lagerfeuer zum Spielplatz? Wie in Jonas' Zimmer? Sie war nicht sicher, wie viel wirklich fehlte, doch wenn es mehrere Stunden wären, hätte sie es gewusst, sagte sie, ihr Tonfall war nüchtern.

Sie konnte sich erinnern: Dass sie auf Jonas' Bett lag. Dass er ihre Hose auszog. Sie registrierte zuerst nicht, was passierte. Als sie es merkte, wehrte sie sich, aber er war stärker, drückte sie an den Handgelenken in die Matratze. Er drang in sie ein. Irgendwann gab sie den Widerstand auf, es hatte keinen Sinn, sie war zu betrunken, und er war größer und stärker. Hauptsache, es ging schnell vorbei.

Jonas sagte, dass es einvernehmlicher Sex war. Schließlich benutzte er ein Kondom. Sie wehrte sich nicht. Es war schlechter als das erste Mal, vielleicht weil beide noch betrunkener waren.

E

Dieses Geschirr. Rosa Blümchen auf weißem Porzellan, die Eltern hatten es zur Hochzeit geschenkt bekommen, Anna hasste es. Die meiste Zeit des Jahres war es im massiven Holzschrank in der Ecke des Wohnzimmers eingeschlossen, wurde nur hervorgeholt, wenn jemand Geburtstag hatte oder Besuch von der Verwandtschaft kam. Am 2. August war beides der Fall. Annas Mutter feierte ihren 60.

Für Anna stand das Geschirr für all die Spießigkeit ihrer Eltern, das Leben der Familie in der kleinen Plattenbausiedlung in Grünau, ein Leben, aus dem Anna immer ausbrechen wollte, doch besonders weit war sie nicht gekommen, nur in einen anderen Stadtteil gezogen. Anna schüttelte den Kopf, während sie das erzählte.

Wenn die Wohnung, in der sie aufgewachsen war, wenigstens weiter oben liegen würde, wenn sie wenigstens den einen Vorteil von Platten gehabt hätte: einen weiten Blick. Aber sie lag im dritten Stock Richtung Norden, Bäume versperrten die Sicht.

Anna wollte keine Sahne, nur den Honigkuchen. Das war auch so eine Sache: Nicht nur das Geschirr, auch der Kuchen – ihre Mutter konnte nur zwei verschiedene Kuchen backen: Honigkuchen und einen mit viel Zucker und Kokos, der keinen Namen hatte, den sie und ihre Schwester Mamakuchen nannten. Dass Anna sich als Kind wünschte, ihre Mutter würde Käsekuchen oder Streuselkuchen backen, wie die Mütter der anderen Kinder in der Schule.

Sie hatte kein schlechtes Verhältnis zu ihrer Mutter, aber auch kein gutes. Sie kamen miteinander aus. Anders war es mit ihrem Vater: Früher, als Anna jünger war, hatten sie nur miteinander gestritten, heute sprachen sie nur das Nötigste. Mit ihrer Mutter telefonierte Anna ab und zu, dem Vater richtete sie dabei nur einen schönen Gruß aus. Zu Hause sprachen sie Russisch, natürlich.

Obwohl Anna in der gleichen Stadt wie ihre Eltern wohnte, besuchte sie sie selten, vielleicht zwei- oder dreimal im Jahr, zu Geburtstagen und an Weihnachten. Ein runder Geburtstag wie dieser war natürlich ein Pflichttermin. Annas Mutter hatte die Feier extra verschoben, damit ihr Mann dabei sein konnte. Er war Lkw-Fahrer und oft zwei Wochen am Stück unterwegs. Sie feierten in kleiner Runde: Anna, ihr Vater, ihre Tante Elena, die Schwester ihrer Mutter, und Daria, Annas jüngere Schwester.

Die Stimmung war gereizt, Annas Mutter Olga wollte einen schönen Tag haben, übertrug ihre angespannte Erwartungshaltung auf die anderen Familienmitglieder. Elena und Annas Vater haben sich nie gut verstanden, und Anna war genervt, weil Daria auf sich warten ließ. Typisch, die kleine Prinzessin.

Daria hatte ebenso wenig Lust wie Anna auf den Geburtstag ihrer Mutter, aber nicht aus den gleichen Gründen. Ihr Verhältnis zu den Eltern war besser als das ihrer großen Schwester, obwohl sie in Berlin lebte, sah sie die Eltern öfter. Vielleicht lag es daran, dass sie *die Kleine* war. Sie hat sich auch als Teenagerin weniger mit den Eltern gestritten, vor allem weniger mit dem Vater. Er musste sich genug mit der Älteren herumschlagen, da blieb keine Zeit mehr für sie.

Daria wollte Anna nicht sehen. Ungefähr zwei Monate waren vergangen, seit sie sich das letzte Mal getroffen hatten, sie war zu Besuch in Leipzig gewesen, und die beiden waren im Streit auseinandergegangen.

Zuerst wollte mir keine der Schwestern erzählen, worüber sie sich gestritten hatten. Anna redete um den heißen Brei herum, packte lieber alte Familienanekdoten aus, und Daria sagte kurz angebunden: Es sei privat.

Dass es neben der generellen Unlust einen weiteren Grund gab, warum Anna ihre Familie nicht sehen wollte: Angst. Sie hatte Angst, die Familie würde von *der Sache* erfahren, sie hatte Angst vor ihren Reaktionen, Angst, sie würden ihr nicht glauben. Lange nannte Anna die Vergewaltigung nur *die Sache*. Es war, als gäbe es ein großes weißes Loch in ihrem Kopf, ein großes Loch voll Nichts, und dieses Nichts saugte die Gedanken, die *die Sache* in Worte fassen wollten, auf, noch bevor sie überhaupt gedacht werden konnten. Wahrscheinlich war es ein Schutzmechanismus. Oder Verdrängung.

Dass sie am meisten Angst vor der Reaktion ihrer Mutter hatte. Sie konnte sich gut vorstellen, wie ihr Vater reagieren würde – nämlich gar nicht. Er würde nicken, es zur Kenntnis nehmen und nichts weiter dazu sagen. Vielleicht hat er auch recht, vielleicht gibt es dazu auch nichts zu sagen. Natürlich wünschte sich Anna, dass er mit diesem Ereignis anders umginge, nicht so wie mit jeder anderen Information. Dass er sich nicht verhielt, als hätte sie ihm erzählt, sie werde umziehen oder sie habe eine schlechte Note bekommen. Dass er nicht nicken würde, als wäre es nur eine kleine Sache, die es nicht wert war, darüber zu sprechen.

Aber vielleicht unterschätzte sie ihren Vater, vielleicht würde er Gefühle zeigen, wütend werden. Vielleicht würde er mit der Hand auf den Tisch hauen. Vielleicht würde er sogar mit dem Arm über das Geschirr fegen, und es würde auf dem Boden in Scherben zerbersten – das gute Hochzeitsgeschirr. Vielleicht würde er aufstehen, den Raum verlassen, nur einen Moment, würde im Flur durchatmen, weil er so aufgebracht war, dann ins Wohnzimmer zurückkehren, im Türrahmen stehen bleiben, ihn mit seiner vollen Größe ausfüllen und wütend schreien: Niemand tut meiner Tochter so etwas an!

Vielleicht würde er sie in den Arm nehmen. Sie würde seine Körperwärme spüren und seinen Geruch wahrnehmen. Diesen Geruch aus Schweiß, kaltem Rauch und dieser anderen Note, der lieblichen, die sie an die Samstagmorgen erinnerte, an denen sie als Kind unter die Bettdecke der Eltern gekrochen war. Doch die letzte Option hielt Anna für die unwahrscheinlichste.

Es war leichter, sich die Reaktion ihrer Mutter vorzustellen. Anna kannte ihre Mutter besser, sie war zugänglicher. Olga würde anfangen zu weinen, und Anna wäre überfordert. Sie, Anna, wäre diejenige, die das Recht hat zu weinen, die in den Arm genommen werden will, und ihre Mutter würde den Spieß umdrehen: Sie würde diejenige sein, die Hilfe braucht, die ein Opfer ist.

Opfer. Noch so ein Wort. Auch dieses Wort existierte lang nicht in Annas Kopf. Opfer sind immer die anderen, Opfer ist man nicht selbst, nicht Anna. Sie, die tapfere große Schwester, die Tochter, die man machen lassen konnte, um die man sich nicht groß kümmern musste. Sie gehe ihren Weg, das sagten die Eltern.

Die Tränen würden der Mutter die Wangen hinablaufen, wahrscheinlich würde sie ihr nicht glauben, sie würde den Kopf schütteln und sagen: Meiner Tochter passiert so etwas nicht. Ich passe gut auf meine Tochter auf. Würde sie es doch glauben, würde sie Annas Schmerz nicht sehen, nur ihren eigenen und sagen: Ich habe versagt, ich habe als Mutter versagt und konnte meine Tochter nicht beschützen. Nicht nur mit dem Vater hat sich Anna in der Pubertät oft gestritten, auch mit der Mutter. Anna war nachts zwei Stunden später als vereinbart nach Hause gekommen, und Olga saß mit verheulten Augen am Küchentisch, sie dachte, ihre Tochter sei entführt oder vergewaltigt worden. Immer diese beiden Ängste. Jetzt war eine davon Realität geworden.

Anna wollte ihrer Mutter gegenüber kein schlechtes Gewissen haben, sie wollte nicht das Gefühl haben, sie sei daran schuld, dass ihre Mutter versagt hat. Auf jeden Fall musste sie verhindern, dass sie von der Sache erfuhr. Anna fürchtete, sie würde trotzdem merken, dass etwas los war. Sie kannte Anna zu gut. Sie hatte sogar gewusst, als Anna ihr erstes Mal hatte. Sie hatte nicht etwa verdächtige Geräusche gehört, nein – sie hatte es *ihr angesehen*.

Sogar Leuten, die Anna nicht gut kannten, fiel auf, dass es ihr nicht gut ging. Sie war dünner geworden, hatte Augenringe und nichts zu erzählen, weil sie nichts machte. Die Mutter würde es bemerken. Dass sie von sich ablenken musste. Dass sie Daria in den Mittelpunkt des Gesprächs stellen musste.

Anna mochte es nie, wenn jemand fragte: Wie geht's? Niemand erwartete eine ehrliche Antwort, die Lüge war gesellschaftlich akzeptiert. Die Leute wurden aus dem Konzept gebracht, wenn man die Wahrheit sagte: Schlecht. Oder: Scheiße. Anna hasste es, ein Gespräch auf Lügen aufbauen zu müssen, am liebsten hätte sie immer die Wahrheit gesagt, ihre echte Gefühlslage geschildert, aber das hätte gegen die Konventionen verstoßen.

An diesem Tag musste sie besonders viel lügen. Wegen ihrer Aufregung sprach sie schnell und laut. Sie beantwortete die Frage nach ihrem Befinden mit: Ach, ein bisschen gestresst. Vielleicht würde sie die Eltern mit dieser Ausrede beruhigen können: Viel Arbeit in der Kneipe, wenig Schlaf. Sie schienen ihr zu glauben, stellten keine Nachfragen. Schnell lenkte sie das Gespräch auf die Tante, fragte sie nach ihren Kindern und der derzeitigen politischen Lage in der Ukraine. Aber Elena gab nur Ein-Satz-Antworten und hatte zu vielem keine Meinung.

Den Vater als Ablenkungsmittel konnte sie vergessen, er war kein großer Redner. So begann sie ein Gespräch über die Arbeit ihrer Mutter, aber wie spannend war es schon, über das Sortieren von Briefen zu sprechen.

Als die Familie nach Deutschland gekommen war, arbeitete die Mutter wie so viele Migrantinnen aus Osteuropa zuerst als Putzfrau in einem Großraumbüro. Das Geld reichte nur für eine kleine Zweizimmerwohnung, damals lebten sie ein paar Straßen weiter. Der Vater fand keinen Job und stand tagsüber mit den anderen Männern an der Ecke, sie rauchten, tranken. In der Ukraine hatte der Vater als Archäologe an der Universität in Winnyzja gearbeitet. Auch Annas Mutter war eine gebildete Frau, sie hatte in Kiew Cello studiert, aber später in der Stadtverwaltung gearbeitet. Nach dem Zerfall der Sowjetunion verlor Annas Vater seine Stelle und begann zu trinken. Das Gehalt der Mutter reichte nicht für die ganze Familie, und ein halbes Jahr später zogen sie nach Deutschland. Anna war vier Jahre alt, als sie 1991 emigrierten. Ihr gefiel das Asylheim in Magdeburg. Es war Sommer, und den ganzen Tag spielte sie draußen mit den anderen Kindern. Erst später realisierte sie, wie das Heim für ihre Eltern gewesen sein musste: zwei Familien auf 15 Quadratmetern.

Sie zogen nach Grünau, und Anna lernte von den Kindern auf dem Hof Deutsch. Ihre Mutter lernte wie besessen die fremde Sprache. Das Bild der Mutter im weißen Klappstuhl, das Deutschbuch auf den Beinen, ein Auge auf das Buch, das andere auf die Kinder gerichtet, hatte sich in Annas Gedächtnis eingebrannt. Wenn Olga sich nicht mit der Nachbarin angefreundet hätte, hätte sie vielleicht nie richtig Deutsch gelernt, wie Annas Vater. Bis heute war sein Deutsch sehr schlecht, es war Anna peinlich.

Olga fand eine Stelle als Putzfrau. Es war gut für sie rauszukommen, sie knüpfte Kontakte zu anderen Frauen, der Vater saß zu Hause vor dem Fernseher. Erst als Anna in der Grundschule war, begann er als Lkw-Fahrer zu arbeiten. Später fand Olga eine neue Stelle. Sie fing, wie schon in der Ukraine, in der Stadtverwaltung an, diesmal in der Poststelle. Die Familie zog endlich in eine größere Wohnung. Heute war Olga Leiterin des kleinen dreiköpfigen Teams. Obwohl Daria und Anna längst ausgezogen waren, blieben die Eltern in der Wohnung mit dem versperrten Blick.

Anna nahm sich noch ein Kuchenstück, um etwas zu tun zu haben, und als Daria endlich kam, war der Kaffee schon kalt. Die kleine Schwester brauchte immer eine Extrawurst, alle mussten nach ihrer Pfeife tanzen.

Dass die Stimmung schon angespannt war, als Daria den Raum betrat, erzählte sie am Telefon. Die Familie saß schweigend um den Tisch, man hörte nur das Klirren von Besteck auf Geschirr. Daria ignorierte die Atmosphäre, umarmte fröhlich ihre Mutter, reichte ihr einen Blumenstrauß, erzählte von der stressigen und heißen Fahrt im Fernbus, von zu vielen Baustellen auf der Autobahn.

Der Streit entzündete sich am Geschirr. Dass Anna versehentlich einen Teller auf den Boden warf, als sie Daria Kaffee einschenkte. Sie machte eine ungeschickte Bewegung mit dem Ellbogen, der Teller zerbrach, die Porzellanscherben verteilten sich auf dem Laminat. Annas Mutter sagte so etwas wie: Oh, der schöne Teller!, und Anna entgegnete, dass es um den Teller nicht schade sei. Da reichte es der Mutter, und sie meinte, Anna könne man nichts recht machen. Ihre Stimme wurde laut.

Dass Anna nicht mit dem Ton der Mutter klarkam. Jetzt war wieder sie diejenige, die für schlechte Stimmung sorgte, obwohl die ganze Familie dazu beitrug. Annas Anspannung entlud sich. Die Tränen rannen ihr die Wangen herunter, sie konnte sie nicht aufhalten, konnte nicht mehr verstecken spielen. Gleichzeitig kroch die Angst ihre Kehle hoch. Nun würde ihre Familie es ihr ansehen, nun würden sie wissen, was los war. Eigentlich ein dummer Gedanke. Wie sollten sie ihr ansehen, dass sie vergewaltigt worden war, als hätte er ein Tattoo auf ihrer Haut hinterlassen. Doch sie konnte nicht geschehen lassen, dass sie Fragen stellten, es herausfanden. Der Raum wurde enger und erstickte sie. Sie musste raus. Sie sprang auf, rannte aus dem

Wohnzimmer, stand kurz im Flur, überlegte, die Wohnung war zu klein, sie brauchte Privatsphäre, hatte keine Lust, sich wie so oft als Teenagerin im Bad einzusperren. Sie schlug die Haustür laut hinter sich zu.

Das hat Daria nicht erwartet. Sie hat erwartet, dass das Familientreffen anstrengend werden würde, dass sie sich vielleicht streiten würden, aber nicht, dass es so dramatisch werden würde, Annas Abgang.

Nachdem Anna den Tisch und die Wohnung verlassen hatte, aßen die anderen stumm weiter. Die Mutter sah Daria mit einem flehenden Blick an, der sagen sollte: Bitte folge ihr. Darauf hatte Daria keine Lust. Anna schaffte es immer, sich in den Mittelpunkt zu stellen. Eigentlich sollte es heute doch um die Mutter gehen. Sie ignorierte Olgas Blick, bis diese sagte: Bitte, gehe ihr nach. Dass Daria keine Wahl blieb, sie verließ den Geburtstagstisch.

Obwohl es schon später Nachmittag war, knallte die Sonne auf Grünau, auf dem Gehsteig gab es keinen Schatten. Daria zündete sich eine Zigarette an, wusste nicht, wo sie nach Anna suchen sollte. Sie waren keine kleinen Mädchen mehr, lebten schon lange nicht mehr im Plattenbau in Grünau, hatten hier keine Geheimverstecke mehr; nicht wie früher als Kinder, als sie alles zusammen gemacht hatten, zusammen spielen und sich zusammen vor den Eltern verstecken.

Daria fiel nur ein Ort ein, an dem Anna sein konnte: Auf dem Parkplatz der Brackestraße, wo die Straße im Nirgendwo endete. Daria ging zwischen den Plattenbauten entlang, der Parkplatz lag nicht weit von der Wohnung. Früher hielten sich die coolen Jugendlichen dort auf, rauchten und verliebten sich zum ersten Mal. Inzwischen gab es sogar eine Bank, auf der saß Anna, sie saß auf der Lehne, die Füße auf der Sitzfläche.

Dass Daria Anna eine Zigarette reichte. Anna weinte.

Sie hat nicht damit gerechnet, dass ihr jemand folgte, sie dachte, sie würde ein bisschen auf der Bank sitzen, sich beruhigen, irgendwann in die Wohnung zurückgehen und dort würde man so tun, als ob nichts geschehen sei. So ging ihre Familie schon immer mit Konflikten um: Sie ignorierten sie, taten so, als wäre nichts.

Dass ihr Streit schon länger zurücklag und Daria nicht solche Folgen vermutete. Am liebsten hätte sie zu Anna gesagt, sie solle sich nicht so anstellen, sie übertreibe mit ihrem Verhalten. Aber sie sagte: Es tut mir leid.

Anna war verwirrt, sie wusste nicht, wovon Daria sprach.

Dieser Streit war schlimmer als andere gewesen. Es belastete Daria, dass sie zwei Monate nicht miteinander sprachen. Doch heute gab es für sie kein Problem mehr. Es ist okay, unterschiedlicher Meinung zu sein, sagte sie zu Anna.

Jetzt wusste Anna, worauf Daria anspielte. Vielleicht war es der schlimmste Streit, den sie je hatten. Beide waren laut geworden, schrien sich minutenlang an, Türen knallten. Sie waren nicht nur Schwestern, sie waren auch beste Freundinnen, fast niemand kannte sie so gut wie Daria und umgekehrt. Nie zuvor hatten sie so lang nicht miteinander gesprochen. Anna hatte keine Lust gehabt, diejenige zu sein, die nachgab, die sich zuerst meldete, und jede war mit ihrem eigenen Kram beschäftigt gewesen, ein Treffen hatte sich nicht ergeben.

Dass sie sich über die Eltern gestritten hatten. Anna wollte ihre Mutter überzeugen, sich von ihrem Mann zu trennen. Der Alkoholiker engte die Mutter ein. Seit Anna sich erinnern konnte, hat sich die Mutter nur um die Kinder oder den Ehemann gekümmert, nie etwas für sich gemacht. Der Vater war ein Arschloch. Wenn sie mit schlechten Noten nach Hause kam, sprach er eine Woche nicht mit ihr, und als sie älter wurde, gab er ihr Hausarrest, wenn er sie beim Rauchen erwischte.

Dass Daria Annas Standpunkt nicht verstehen konnte. Ihr Verhältnis zum Vater war auch nicht gut, aber nicht so schlecht wie das ihrer Schwester. Daria und er kamen miteinander aus, respektierten sich. Sie wollte nicht, dass die Mutter sich trennte. Was würde ihr Vater dann tun? Er hatte keine engen Freunde, und soweit sie wusste auch keine anderen sozialen Kontakte, einen Kumpel von der Arbeit oder etwas Ähnliches. Ja, sie gab zu, er stand auf der Schwelle zum Alkoholismus, aber eine Trennung würde es nicht besser machen. Außerdem liebten sich ihre Eltern, warum sollten sie sich trennen?

Anna war sehr wütend geworden, weil Daria den Vater verteidigte. Für Anna war klar, auf welcher Seite sie stehen mussten. Die Mutter benötigte die Unterstützung ihrer Töchter. Es war wichtig, Stellung zu beziehen. Darias Versuch, zu vermitteln, machte sie wahnsinnig.

Jetzt, zwei Monate später, war die Situation zwischen den Eltern unverändert, doch Anna hat aufgegeben, ihrer Mutter ins Gewissen zu reden.

Dass Anna nicht in der Lage war, über den Streit zu sprechen. Dass sie den Kopf schüttelte, stärker anfing zu weinen. Einen Monat lang hatte sie keine Träne vergossen, es fühlte sich so an, als hätte sie den Schmerz in sich gefressen, und jetzt brach der Vulkan aus.

Daria warf ihre halb gerauchte Zigarette weg. Sie nahm Anna in den Arm, versuchte, sie zu beruhigen. Alles gut, alles gut, sagte sie. Anna schüttelte weiter den Kopf. Sie konnte nicht sprechen. Sie wollte Daria erzählen, warum sie weinte, dass der Streit nicht der Grund war.

Sie wollte ihr alles erzählen, was in der Nacht vom 4. Juli passiert war. Aber sie konnte nicht. Die Tränen schüttelten sie, sie hyperventilierte.

Dass Daria Anna nicht beruhigen konnte. Sie verstand nicht, was los war. Annas Reaktion machte ihr Angst, es war ihr nicht klar, dass die Funkstille zwischen ihnen sie so mitnahm. Oder hatte sie etwas vergessen? Hatte sie etwas anderes Schlimmes gemacht oder gesagt, das diese Reaktion bei Anna hervorrief? Erinnerte sie sich nicht mehr daran? Sie drückte Anna fester, sagte, sie solle sich auf das Atmen konzentrieren, in ihrem Rhythmus atmen. Das funktionierte. Anna fokussierte sich auf die Schwester, sah ihr in die Augen, hielt sie an den Händen, sie atmeten im gleichen Takt, einatmen, ausatmen, einatmen, ausatmen. Anna beruhigte sich.

Sie schnäuzte sich und sagte, sie weint nicht wegen des Streits. Das hat sie längst vergessen, sie ist nicht nachtragend. Daria war erleichtert. Was ist denn los, fragte sie. Sie wollte ihr helfen.

Anna musste es erzählen. Sie hatte mit niemandem darüber gesprochen, vielleicht würde es ihr danach besser gehen. Doch sie konnte nicht. Sie konnte das Wort nicht in ihrem Mund formen. Wenn sie es aussprach, würde es Wirklichkeit werden, würde sie sich damit auseinandersetzen müssen. Die letzten Wochen konnte sie es verdrängen, aber wenn sie es erzählte, bekäme es ein Eigenleben, es wäre dann da draußen, und vielleicht erführen andere Leute davon.

Was Anna dann sagte, verstand Daria nicht. Sie konnte keine Verknüpfung zwischen Annas Gesagtem und der Realität herstellen. Als schaute sie Nachrichten und hörte von etwas, das zwar schlimm war, sie aber nicht betraf. Als hörte sie von dem Einmarsch von Truppen in Kabul oder einem Tsunami an der Ostküste Indiens. Sie dächte dann, wie grausam es war, aber sie empfände keine echte Empathie und verlöre keine Zeit damit. Es war zu weit weg, es betraf sie nicht. Aber das mit Anna, das betraf sie doch – nicht?

Davon haben sie immer gehört, davor sind sie immer gewarnt worden. Schon als kleine Mädchen hieß es: Geht nicht mit Männern mit. Nehmt keine Süßigkeiten von Fremden an. Als sie älter wurden, kaufte die Mutter ihnen Pfefferspray und sie durften nie allein nach Hause gehen. Gingen sie doch zwei Straßen weiter ohne Begleitung zu einer Freundin, mussten sie anrufen, wenn sie dort angekommen waren. Auch heute noch fragt die Mutter Daria, die in Berlin lebt, manchmal, ob sie nachts allein unterwegs war. Nie wurde gesagt, welche Bedrohung es gab, der Elefant stand nur im Raum: Vergewaltigung. Das war es, wovor Frauen ihr ganzes Leben Angst haben mussten, warum sie keine kurzen Röcke anziehen oder nachts allein nach Hause gehen sollten. Als überfiele und vergewaltige einfach so ein vermummter Mann aus einem Hauseingang eine Frau.

Auch wenn man als Frau anscheinend immer damit rechnen muss und es das Schlimmste zu sein scheint, was passieren kann, ist es doch nichts, was wirklich geschieht. So wie es keinen Krieg in Deutschland gibt oder man ständig Angst haben muss zu sterben. Vergewaltigung passiert anderen Leuten.

Dass Daria den Kopf schüttelte. Sie glaubte Anna zunächst nicht. Die Schwester wollte mehr wissen: Wer? Wo? Wann? Anna erzählte: Vor einem Monat, ein Typ, den sie kannte, Jonas hieß er. Eine Kartoffel also, sagte Daria.

Dass sie sich nicht an alles erinnern konnte. Sie war zu betrunken. Dass sie nicht mehr wusste, wie sie in sein Zimmer kam, aber sie war wieder bei klarem Verstand, als er ihr die Hose auszog. Adrenalin. Dass sie mehrmals Nein gesagt hatte. Sie wollte es nicht. Aber er war größer als sie, stärker. Er ignorierte ihr Nein. Oder verstand er sie nicht? Hat sie gelallt?

Dass er ihre Arme nach unten drückte. Dass er versuchte, sie zu küssen, sie drehte den Kopf weg. Dann eine Pause. Er holte ein Kondom. Sie realisierte nicht, was passierte. Sie hätte gehen können. Oder hätte er sie im Türrahmen festgehalten? Sie hatte Angst. Er war grob, aggressiv. Er streifte sich das Kondom über, versuchte wieder, sie zu küssen. Hielt sie fest. Sie wehrte sich, es tat weh, als er in sie eindrang, sie war verkrampft, Tränen liefen ihr Gesicht herunter. Dann erst begriff sie: Er war stärker als sie. Sie konnte sich nicht wehren. Sie gab auf. Versuchte, sich zu entspannen. Dann tat es weniger weh.

Fing an zu zählen. Seitdem wusste sie, dass 1380 Sekunden 23 Minuten sind.

Daria merkte langsam, dass es wohl stimmte, was Anna erzählte. Es war keine Behauptung, keine Lüge. Nie hatte sie Anna in so einem Zustand gesehen. Die große Schwester, ihr Vorbild, die auf sie aufgepasst hat und die, als sie älter wurden, ihr Sextipps gab.

Sie saßen noch etwas auf der Bank, schwiegen, rauchten, Daria erzählte vom letzten Wochenende, dass sie das erste Mal Drogen genommen hatte. Sie wollte Anna ablenken. Sie ertrug es nicht, wenn sie nicht sprachen.

Irgendwann gingen sie in die Wohnung zurück. Die Familie sagte nichts, stellte keine Fragen, tat so, als wären sie nicht eine Stunde weg gewesen. Daria redete viel, wollte die Aufmerksamkeit auf sich, weg von Anna lenken.

F

Dass Anna es nicht realisierte. Dass es nicht den einen Moment gab, in dem sie verstand, was passiert war. Was *mit* ihr passiert war. Der Gedanke formte sich langsam, sie traute sich nicht, ihn auszusprechen.

Natürlich war es berechtigt zu fragen, warum sie dort blieb, warum sie bei Jonas übernachtete. Sie fand es selbst unverständlich, erklärte Anna. Es lag wohl daran, dass sie unmittelbar danach in einem Delirium war. Der Alkohol, der Schock.

Als Jonas fertig war, konnte sie sich nicht mehr bewegen, konnte sich vorher schon nicht bewegen. Ihre Gedanken rasten, gleichzeitig war sie benommen, war hellwach und klar und viel zu betrunken. Hätte sie gehen können? Einfach aufstehen und das Zimmer verlassen? Nein, sagte Anna. Es sah so aus, als würde sie für einen Moment die Luft anhalten. Dann sprach sie weiter, leise. Sie konnte keinen Fuß vor den anderen setzen. Zu erschöpft, zu schwach. So blieb sie liegen, drehte sich weg von Jonas, kauerte in Embryohaltung, schlief ein, unruhig. Die Sonne ging auf und erbarmungslose Strahlen blendeten sie, Jonas hatte keine Jalousien. Der Schlaf war kurz, leicht. Bald wachte sie wieder auf, wusste nicht, wie spät es war, fand ihr Handy nicht, hatte keine Armbanduhr. Jonas schlief neben ihr, lag auf der Seite, von ihr abgewandt. Anna war schlecht. Sie hatte Angst, Angst, jemandem im Flur zu begegnen, sprechen zu müssen. Selbst ein Guten Morgen hätte sie überfordert. Es war ein komisches Gefühl: Sie begriff, wie verwirrt sie war, aber reflektierte nicht warum, wusste nur, dass sie wegmusste. Sofort nach Hause, sofort eine rauchen.

Konnte nicht denken, ihr Körper stellte sich auf Automatismus, auf Überlebenstrieb.

Fast niemand war auf der Straße, sie begegnete nur einer alten Frau, die Flaschen sammelte. Der Späti ein paar Häuser weiter war noch geschlossen, doch der Besitzer war so nett und öffnete den Laden für sie, verkaufte ihr Zigaretten. Zu Fuß lief sie nach Hause. Immer geradeaus nach Connewitz, einen Schritt nach dem anderen. Es war so hell, sie konnte ihre Augen nicht an das gleißende Licht gewöhnen.

Ja, das mit dem Duschen hatte sie schon gehört. Sie hatte gedacht, es wäre ein Klischee, eine Übertreibung, aber Teile davon stimmten, trafen auf sie zu. Sie fühlte sich nicht unbedingt schmutzig, nicht bewusst. Aber duschen war das Einzige, was sie tun konnte: Sie konnte nicht schlafen, sie konnte nicht wach sein – das Duschen war ein Zustand dazwischen, den sie aushielt.

An die ersten Tage danach konnte sie sich nur dunkel erinnern. Sie wollte vergessen. Sie konnte nicht schlafen, sie konnte nicht essen, sie konnte nicht sprechen. Sie hatte Angst im Dunkeln. Drei Monate lang schlief sie erst bei Sonnenaufgang ein. Sie hatte keinen Tag-Nacht-Rhythmus mehr. Tagsüber schlief sie oder lag im Bett. Sie hatte mit niemandem Kontakt. Verena war nicht da, und als sie aus Berlin zurückkam, ging Anna ihr aus dem Weg.

Dass sie es irgendwann zum Lindental schaffte und dann so viele Schichten wie möglich arbeitete, ganz oder gar nicht. Sie konnte nicht allein sein, sie konnte nicht unter anderen Menschen sein. Manchmal hielt sie es bei den Gästen nicht mehr aus. Dass sie im Haus, in dem das Lindental war, alle Ecken kannte, wo man ungestört sein konnte. Am besten war es im Keller, bei den Bierfässern. Dann biss sie sich in den Finger oder den Unterarm, bis es nicht mehr wehtat. Wenn sie von der Arbeit nach Hause fuhr, suchte sie sich im Wald einen Ort, an dem niemand war, und schrie laut.

Vielleicht realisierte sie es, als sie das Wort das erste Mal tippte. Sie googelte es: Vergewaltigung. Öffnete keine der Homepages. Googelte: Ich bin vergewaltigt worden. Die Suchbegriffe, die ihr vorgeschlagen wurden, waren:

Ich bin vergewaltigt worden
Ich bin vergewaltigt worden und schwanger
Ich bin vergewaltigt worden was soll ich tun
Ich bin vergewaltigt worden und es hat mir gefallen

Sie klappte den Laptop schnell zu.

Realisieren bedeutet, verstehen, was wirklich ist und was nicht, sagte Anna. Sie wusste, was passiert war, rational. Aber war es wirklich eine Vergewaltigung? Die hatte sie sich anders vorgestellt: Ein Mann, der einen nachts auf dem Nachhauseweg überfällt, oder der Onkel, der die Nichte als Kleinkind missbraucht. Oder der Nachbar. Aber kein Doktorand, den man kennt, zu dem man Vertrauen aufgebaut hat. Ein Geliebter. Ein Freund.

Dann traute sie sich, nicht nur den Suchbegriff zu tippen, sondern auch die Homepages zu öffnen. Sie las Beiträge in Foren von 14-Jährigen, die von Klassenkameraden missbraucht wurden und fragten: Ist das eine Vergewaltigung? Und Anna dachte nach jedem Bericht: Ja! Ihre eigene Geschichte unterschied sich wenig von denen der unbekannten Mädchen im Internet. Also wurde sie auch vergewaltigt? Logische Schlussfolgerung. Wirklichkeit.

Dass sie sich nicht als Opfer fühlte. Sie mochte dieses Wort nicht. Es erinnerte sie an Diskriminierung, an Holocaust. Es klang passiv. Es hatte nichts mit ihrem Leben zu tun. In manchen Foren stand: Überlebende. Aber das Wort gefiel ihr noch weniger. Überlebende waren Leute, die einen Krieg überlebten oder einen Autounfall.

Trotzdem blieb sie an dem Begriff *Opfer* kleben, lutschte ihn, spuckte ihn wieder aus: Opfer kommt von opfern. Sie hat Jonas nichts geopfert. Er hat sich genommen, was er wollte. Hat ihren Willen, ihr Nein nicht akzeptiert. Das war vielleicht das Schlimmste: dass er sich über sie hinweggesetzt hat. Über ihren Körper, ihre Selbstbestimmung. Jetzt, wo alles schon länger her ist, sagte Anna, versteht sie allmählich die psychologischen Mechanismen und was eine Vergewaltigung so schlimm macht: nicht unbedingt die Gewalt selbst. Sondern die Gewalt, die sich über die körperliche Selbstbestimmung hinwegsetzt. Vielleicht war sie doch ein Opfer.

Wenn es ein Opfer gab, musste es auch einen Täter geben. War Jonas ein Täter? Oder war alles nur ein Missverständnis? Vielleicht hatte sie etwas falsch verstanden. Waren ihre Erinnerungen real? Was war während ihres Filmrisses passiert?

Sie wusste, dass es nicht ihre Schuld war. Sie sollte sich nicht schuldig fühlen. Das war nicht die Aufgabe des Opfers. Aber ihre Wirklichkeit sah anders aus. Sie fühlte sich schuldig, dachte: Was hätte sie anders machen können? Hätte sie vorsichtiger sein sollen? Hätte sie weniger trinken sollen? Hätte sie gehen können? Dass sie ihre Gefühle nicht ändern konnte. Sie war froh, überhaupt etwas zu fühlen, nicht so wie an den ersten Tagen.

Dass sie in ihrem Zimmer saß und Peaches hörte: Fuck the pain away. Fuck the pain away. Dass sich einmal der Nachbar über die laute Musik beschwerte. Fuck the pain away.

Anfangs war sie damit beschäftigt, durch den Tag zu kommen. Da war es doch dieses Wort: überleben. Den Tag zu überleben. An die ersten Tage und Wochen nach dem 4. Juli konnte sie sich nur schemenhaft erinnern. Die Fußball-WM half im Nachhinein bei der Orientierung. Das Halbfinale Brasilien–Deutschland war am 8. Juli, erinnerte ich Anna. Vier Tage danach also. Ja, vielleicht war das der Tag, als Anna das erste Mal das Haus wieder verließ, das erste Mal wieder arbeiten musste. Es war ihr länger vorgekommen als nur vier Tage. Eine Glasglocke umgab sie.

Es regnete an diesem Tag, das Spiel wurde nicht wie sonst im Hof des Lindentals gezeigt, sondern im Keller, die Leute drängten sich, es gab nicht genügend Stühle. Die Stimmung des Publikums war ihrer eigenen in gewisser Weise ähnlich und doch vollkommen anders: Immer wieder ein Tor nach dem anderen, die jubelnden Fußballfans, die es nicht glauben konnten: Der große Gegner Brasilien, gegen den Deutschland in der Weltmeisterschaft 2002 im Finale verloren hatte, der große Gegner Brasilien sollte an diesem Abend bezwungen werden. Immer wieder ein Tor nach dem anderen, diese Unwirklichkeit, was da passierte, die Menge wollte es nicht glauben und musste es doch. Anna zapfte ein Bier nach dem anderen, füllte große Gläser mit Hausbier, der weiße Schaum lief über, sie sah nicht auf die Leinwand, hörte nur die Rufe: Tooooor! Doch die Schreie wurden leiser, Normalität stellte sich ein, kollektive Routine, das Spiel war längst gewonnen, und es hagelte noch Tore. Am Ende stand es 7:1 für Deutschland, Finale. Die Fans waren außer sich. Das Gefühl der Unwirklichkeit, das Anna einen Moment lang mit ihnen teilte, war verschwunden und wurde für die Meute abgelöst durch: Freude, Gemeinschaftsgefühl. Dass Anna nichts fühlte, sie sah die Leute, sah ihnen nicht zu, machte ihren Job bis morgens um sechs. Von den Fangesängen und Autokorsos bekam sie nichts mit. Morgens fiel sie ins Bett. Das erste Mal seit Tagen schlief sie schnell ein, die Erschöpfung.

Dass sie bisher nur auf Demos mit der Polizei Kontakt hatte. Sie war niemand, die in der ersten Reihe stand. Sie war meist mitgelaufen, auf Studentendemos oder auf einer Demo für Flüchtlinge und gegen Rassismus. Sie hatte nie mit einem Polizisten gesprochen, sie marschierte auf der Demo und die Staatsdiener nebendran.

Manchmal saßen in der Mensa Peterssteinweg Polizisten neben den Studenten am Tisch, weil das Polizeirevier Dimitroffstraße und die Mensa im gleichen Gebäude waren. Aber das passierte nicht oft, weil die Beamten früher Mittag machten als die Studenten, manchmal schon um halb 12, die Studenten meist nicht vor eins.

Dass erst Daria sie auf die Idee brachte, Anzeige zu erstatten. Eigentlich wollte Daria nach dem Geburtstag ihrer Mutter zurück nach Berlin fahren, aber als sie sah, wie es ihrer Schwester ging, blieb sie in Leipzig, quartierte sich in Annas Zimmer ein. Stundenlang hielt Daria Anna im Arm.

Daria kaufte für sie ein, kochte für sie, die beiden machten lange Spaziergänge durch den Auwald bei Connewitz, liefen schweigend nebeneinander. Manchmal gingen sie die ganze Strecke bis zum Cossi, dem Cospudener See, sahen den Leuten zu, wie sie am Ufer plantschten, Beachvolleyball spielten, keine der beiden ging ins Wasser. Meistens blieben sie, bis die Sonne unterging, und brachen erst auf, als die meisten Leute schon weg waren und die Mücken aus ihren Verstecken flogen.

Dass Daria schon immer einen großen Gerechtigkeitssinn gehabt hatte. Schon in der Schule war sie bei den Lehrern angeeckt, weil sie es nicht ertragen konnte, wenn Klassenkameraden ungerecht behandelt wurden, ein ungerechtfertigter Verweis, eine unfaire Note. Sie war immer die Erste und oft Einzige, die Paroli gab. Dass es natürlich eine Ausnahmesituation war, sagte Daria. Die eigene Schwester – vergewaltigt. Daria musste etwas unternehmen, konnte nicht untätig zusehen, wie schlecht es Anna ging, versuchte sie zu überzeugen, Jonas anzuzeigen.

Dass Anna nicht wollte. Es gab so viele Gründe, sie musste sich erst sortieren. Dass sie Angst hatte. Angst, sich selbst damit zu konfrontieren. Es war schlimm genug, mit Daria darüber zu sprechen, und sie hatte keine Einzelheiten erzählt. Aber die ganze Nacht einem Polizisten erzählen? Im Detail? Die richtigen Worte dafür finden? Das würde sie nicht schaffen. Außerdem würden sie sagen, es sei ihre Schuld. Sie hätte weniger trinken sollen. Und welche Beweise hatte sie schon? Es gab nur ihr Wort. Es gab keine Zeugen – soweit Anna wusste. Sie hat nicht geschrien. Und: Würde Jonas es zugeben? – vermutlich nicht.

Dass sich Anna außerdem nicht an alles erinnerte. Sie wusste nicht mehr, wie sie in Jonas' Bett kam, erinnerte sich nur an das Lagerfeuer und plötzlich war sie in seinem Bett. Was war dazwischen passiert? Was also sollte sie der Polizei erzählen? Anna sagte zu Daria, dass die Polizisten ihr nicht glauben, ihr einen Vogel zeigen würden.

Daria ließ diese Argumente nicht gelten. Woher weiß Anna das, vielleicht gab es Zeugen, viele Leute auf der Party mussten die beiden gesehen haben, vielleicht hat der Mitbewohner etwas gehört. Die genauen Methoden der Polizei kannte Daria nicht, aber sie wusste bestimmt, was zu tun ist, es gab bei Vergewaltigungsfällen wahrscheinlich ein bestimmtes Prozedere, Vorschriften, wie der Täter ermittelt werden konnte. Vermutlich gab es auch eine psychologische Betreuung, die Anna dabei half, die richtigen Worte zu finden und ihren Fall zu schildern.

Daria musste ihre Wut zügeln. Durfte diese nicht an Anna auslassen, auch wenn sie nicht verstand, warum sie nicht Anzeige erstatten wollte. Dieser Typ musste bestraft werden, und das war die einzige Möglichkeit! Sollte er für immer ungestraft davonkommen? – Nein, die Leute sollten wissen, was er für ein Arschloch war, sagte Daria.

Anna wollte nicht, dass jemand davon erfuhr. Wenn sie Anzeige erstattete, spräche es sich früher oder später im Freundeskreis herum. Wie würden die Freunde sie behandeln? Würden sie zu ihr stehen? Würden sie ihr glauben? Und dann die Eltern! Die würden es auch herausfinden! Wenn sie keine Anzeige erstattete, blieb Daria vielleicht für immer die Einzige, die es wusste. Vielleicht war es besser so.

Ob sie Angst vor Jonas hatte, fragte ich. Angst vor seiner Reaktion, wenn sie ihn anzeigte. Das war die erste Frage, die Anna nicht beantwortete. Sie sagte nur, dass sie Jonas nicht anzeigen wollte. Zunächst nicht.

Dass die erste Begegnung so banal sein würde, hätte sie nicht gedacht, erzählte Anna. Nachdem Daria sich um sie gekümmert hatte, ging es Anna besser, ein bisschen, und Daria kehrte nach Berlin zurück. Anna konnte wieder essen und ging zum REWE am Connewitzer Kreuz einkaufen. Dort war sie seit Wochen nicht gewesen. Der REWE war das Herz des Viertels, hier traf sich alles: der besoffene Punker, die Mittelschullehrerin, die Kinder der Akademiker und die linken Autonomen, die regelmäßig die Scheiben des Supermarktes oder der Sparkasse gegenüber einwarfen. Anna hatte den Laden gemieden, sie wollte keine bekannten Gesichter treffen. Die wenigen Leute, denen sie zufällig auf der Straße begegnete, grüßte sie nur und sagte, sie muss schnell weiter.

Der Spießrutenlauf im Supermarkt begann bereits am Eingang: Hatte man die beiden automatischen Schiebetüren durchquert, lag geradeaus das Gemüse, links die Kassen. Der Weg zum Gemüse war ein Laufsteg: Die Leute in der Kassenschlange hatten einen ungenierten Blick auf die Personen, die den Supermarkt betraten. Sie waren das Publikum, dem Anna ausgeliefert war. Beim Reinkommen senkte sie den Kopf, schaute nicht nach links, spürte die Augen der anderen auf sich, spürte, wie sie sie musterten, dachten, die kenne ich doch, wie sie ihre Klamotten beurteilten, die Hose, die Schuhe, den Rucksack. Früher hat sie die Leute an der Kasse mit einem kurzen Blick gestreift, hat den Arm zum Gruß gehoben oder genickt, wenn sie jemanden kannte.

Dass sie schnell die Gemüseabteilung durchquerte. Dass sie nach links abbog, vorbei am Kühlregal, wieder nach links, fast bis zum

Ende des Ganges, zum Tiefkühlregal, vorbei an der Süßigkeitenabteilung, eine Tafel Bitterschokolade heute im Angebot. Sie konnte zwar wieder essen, war aber nie eine große Köchin gewesen und war es jetzt noch weniger. Also Fertigprodukte. Sie scannte die Auslage, Spinat und Leipziger Allerlei und ganz unten: Lasagne. Anna öffnete die Tür des Tiefkühlschranks, beugte sich nach unten, da tippte ihr jemand auf die Schulter und fragte: Na, wie geht's? Anna drehte sich um und sah: Jonas. Gut, sagte sie automatisch. Du hast dich gar nicht mehr auf meine Nachricht gemeldet, sagte er. Ja, sagte Anna, und schluckte. Sie musste hier weg, konnte kein Gespräch führen, mit niemandem, nicht mit Jonas. Sie stopfte die Lasagne in den Rucksack, drehte sich, ohne ein weiteres Wort zu sagen, um, drängte sich an Kasse 4 an der Schlange vorbei, bezahlte nicht. Niemand bemerkte es, nicht die Kassiererin, nicht der Security-Mann, der gelangweilt einen roten Plastikkorb vom Boden aufhob. Draußen war es stickig, wieder einer dieser heißen Sommertage.

Dass sie die Wut an diesem Tag das erste Mal spürte. Und sie war seither nicht verschwunden. Pulsierte in ihr, manchmal stärker bis zum Kontrollverlust, manchmal weniger, aber da war sie immer. Nicht nur die Wut auf Jonas, generell einfach: Zorn.

All die Argumente, die sie mit Daria ausgetauscht hatte, das Für und Wider, eine Anzeige zu stellen, die Gründe, warum sie sich dagegen entschieden hatte, waren verschwunden. Die Wut übernahm die Führung. Sie fuhr mit dem Fahrrad die Karli immer geradeaus, fuhr über Ampeln, die eher rot als orange waren, überholte andere Fahrradfahrer, hielt an der Dimitroffstraße, Ecke Karli, vergaß, ihr Fahrrad abzuschließen, und betrat das Polizeirevier.

G

Sie sah nichts. Annas Augen mussten sich erst an die Dunkelheit gewöhnen. Die Eingangstür zum Polizeirevier war aus massivem Holz und absurd groß, wie in *Alice im Wunderland,* der Griff befand sich über ihrem Kopf, die Tür fiel langsam hinter ihr ins Schloss.

Durch die imposante, runde Eingangshalle kam sie in einen Warteraum, er hatte Ähnlichkeit mit jeder anderen Behörde, Stühle standen wahllos herum, Leute warteten, es gab einen Beamten hinter einer Glasscheibe, Anna stellte sich ans Ende der kurzen Schlange, zwei Leute waren vor ihr.

Dass der Warteraum unwirklich war, eine billige Parodie eines *Tatorts*. Dass die Personen wie schlecht gecastete Schauspieler aussahen, sagte Anna. Sie waren wie übertriebene Klischees von Verbrechern: Ein grimmiger Mann saß breitbeinig auf einem Stuhl, musterte Anna anzüglich, ein anderer hatte einen Vollbart und einen bösen Blick, war mager wie jemand, der zu viele Drogen nimmt. Dann gab es noch einen Jungen im Rollstuhl, der von einem älteren Mann begleitet wurde, Typ Ganove im Kapuzenpulli, wahrscheinlich sein Vater. Als der Junge aufgerufen wurde, verzog sich sein Gesicht vor Angst, sein Vater klopfte ihm aufmunternd auf den Rücken und rollte ihn Richtung Tür, die Räder des Rollstuhls blinkten bei jeder Bewegung in bunten Farben wie Schuhe aus den 90ern.

Als Anna an die Reihe kam, wusste sie nicht, was sie sagen sollte. Sie hatte sich vorher nichts zurechtgelegt. Der Polizist blickte sie genervt an, dann sagte sie, dass sie eine Anzeige stellen will. Der Beamte hinter der Glasscheibe wurde ungeduldig, er verstand sie nicht, die junge Frau müsse ins Mikrofon sprechen. Ich will eine Anzeige stellen, sagte sie lauter, ihre Stimme zitterte. Schön, sagte der Polizist. Er brauchte aber erst mal ihren Ausweis. Dass sie rot wurde und heiß, dass sie sich nicht sicher war, ob sie ihn dabeihatte, sie kramte hektisch in ihrer Tasche, im Geldbeutel, da war er, sie war nicht umsonst gekommen. Er übertrug ihre Personalien in einen Computer, der aus dem letzten Jahrhundert stammte. Als er fertig war, sagte er, sie könne sich wieder hinsetzen, jemand würde sie abholen.

Die Wände des Warteraumes waren mit Fahndungs- und Zeugenaufrufen gepflastert: Plakate in schlechter Powerpoint-Optik, rot umrandet, schwarze Schrift hinterlegt mit gelben Balken:

> Die Polizei bittet um Ihre Mithilfe – 1000 Euro Belohnung – Verlust einer Maschinenpistole.
>
> Versuchter Mord im Zusammenhang mit Raubüberfällen in Stuhr (Juni 2014) und Wolfsburg (Dezember 2013): Nicht an diese Personen wenden, diese könnten bewaffnet sein! Wer kann Hinweise zu ihnen geben? Belohnung bis zu 20.000 Euro!
>
> Leichenfund. Aufruf zur Mithilfe: Wer ist dieser Mann?

Anna erklärte, dass die Formulierung *Sich wie in einem schlechten Film fühlen* perfekt auf diese Situation passte.

Nach einiger Zeit wurde sie aufgerufen, ein Mann führte sie durch dunkle Gänge, jetzt hatte das Revier nichts mehr mit einer Tatortkulisse gemein. Es war eher wie ein Jacques-Tati-Film: lange Gänge, die kein Ende nahmen, Treppen, die unendlich schienen, und das einzige Geräusch war das Klackern von Schuhen auf Fliesen. Der Polizist führte Anna in ein normales Büro, kein Verhörraum mit Spiegelscheiben, durch die man von der anderen Seite durchblicken konnte. Er schob einen Teller, auf dem ein angebissenes Brötchen lag, beiseite und tippte etwas in den Rechner.

Worum geht's denn?, fragte er. Zu spät merkte Anna, dass es nun losging, mit der Vernehmung, sie hätte eine Frau verlangen sollen, sie erinnerte sich, so etwas in einem Forum gelesen zu haben. Sie sagte, dass sie eine Anzeige stellen will. Ja, so weit sind wir schon gewesen, sagte der Polizist unwirsch. Zuerst müssten ihre Personalien aufgenommen werden. Der Polizist tippte ihre Daten im Zweifinger-Adlersuchsystem ab, er sah müde aus, sein Gesicht war aufgedunsen, er war um die 60 und wahrscheinlich würde er bald in Pension gehen. Er schien nicht mit der Software zurechtzukommen, schimpfte leise vor sich hin, und als er ihre Daten vorlas, hatte er ihre Anschrift falsch notiert. Also wieder von vorn. Anna fühlte sich, als würde sie ihre Adresse ummelden oder einen Reisepass beantragen. Schließlich war er endlich fertig, sie sollte ausführen: Was, wann, wo?

Anna bereute, hier zu sitzen: Sie hatte nichts durchdacht, hatte impulsiv gehandelt, nie im Kopf durchgespielt, was sie sagen wollte. Nicht einmal, als sie es Daria erzählte, benutzte sie das Wort *Vergewaltigung*, wie sollte sie es jetzt diesem unsympathischen, genervten Polizisten sagen? Dann fielen ihr die richtigen Worte ein: Sexuelle Nötigung. Das klang harmlos, das klang nach Sex und Not, nicht nach Gewalt. Der Polizist seufzte genervt, sah auf die Uhr, bald war es sechs. Anna vermutete, er war ungeduldig, weil er jetzt wusste, dass es länger dauern würde, dass er seinen Dienst nicht am Schreibtisch vertrödeln konnte.

4. Juli, das tippte er als Tatdatum ein. Welche Uhrzeit? Anna presste ihre Lippen aufeinander, schob die Mundwinkel nach unten. Vielleicht zwischen fünf und sieben Uhr morgens. Er machte einen Kommentar zur Problemlage der Beweisführung. Dass er starkes Sächsisch sprach, das U war langgezogen, das G klang wie ein SCH, und er hatte diesen typischen sächsischen Singsang. Erst beim zweiten Mal

verstand Anna, was er gesagt hatte: Zeugenvernehmung. Eine Zeugenvernehmung muss durchgeführt werden. Der Beamte stand auf und verließ das Büro. Anna war verwirrt: Konnte sie jetzt gehen? Würde die Zeugenvernehmung sofort durchgeführt werden? Was würde er fragen? Warum nur war sie hierhergekommen? Warum hatte sie so impulsiv gehandelt? Ihr wurde schlecht.

Dass er nur ein Aufnahmegerät geholt hatte. Später würde sie wissen, dass es drei Arten gab, eine Vernehmung durchzuführen: Schriftlich, mit einem digitalen Aufnahmegerät oder eine Videovernehmung. Als er wiederkam, wirkte er ruhiger, konzentrierter. Während er die Belehrung vorlas, versuchte sie sich zu ordnen: Woran konnte sie sich eigentlich erinnern? *Was* sollte sie *wie* erzählen?

Er begann, die ersten offenen Fragen zu stellen. Offensichtlich folgte der Beamte einem schematischen Ablauf, das half Anna sich zu beruhigen, es gab etwas, woran sie sich orientieren konnte.

Stellen Sie sich zunächst kurz vor.

Jetzt, wo das Aufnahmegerät angeschaltet war, redete der Polizist langsamer als vorher, auch sein Dialekt schien weniger ausgeprägt zu sein, Anna verstand ihn besser.

Gegen wen richtet sich die Anzeige?

Seinen Namen aussprechen. Ihn anklagen. Jonas. Jonas Schimmel. Sein sprechender Name wurde ihr erst jetzt bewusst.

Was können Sie mir über die Person sagen?

Gute Frage. Anna nannte Alter, Beruf, Adresse. Aber was konnte sie noch über ihn sagen? Dass er arrogant war? Ein scheiß Arschloch? Was wollte der Polizist hören?

Dann begann der schwierige Teil der Fragen. Später würde Anna wissen, dass die Polizisten lernten, nicht suggestiv zu fragen. Natürlich kam es immer auf den konkreten Beamten an, ob es besser klappte oder schlechter. Zu Beginn jeder Vernehmung stand der freie Bericht.

Schildern Sie den Ablauf vor der Tat.

Das war einfach, aber wo sollte sie anfangen? Am Partyabend? Oder mussten sie wissen, dass sie sich schon vorher gekannt hatten? Mussten sie die ganze Vorgeschichte kennen? Der Abend auf der Brücke, die Treffen bei den Fußballspielen? Das würde zu lange dauern, Anna entschied sich dafür, nur den Abend des 4. Juli zu erzählen, begann mit dem Fußballspiel und dem Beamer, daran erinnerte sie sich gut.

Was ist wann, wo, wie, mit wem, wodurch passiert?

Zuerst sprach sie leise. Manchmal, wenn sie nervös war, wurde ihr russischer Akzent bemerkbar. Normalerweise bemühte sie sich, ihn zu unterdrücken, hatte sich über die Jahre angepasst, aber jetzt rollte sie das R, sprach das H wie ein hartes Ch.

Der Polizist unterbrach sie, er sagte: Ich war nicht dabei, ich muss es mir vorstellen können.

Anna sprach nicht gern vor Gruppen oder Fremden. In der Schule und auch später an der Universität lachte immer jemand während ihrer Referate. War es wegen ihres Akzents? Sprach sie zu leise oder zu laut? Immer bekam sie große rote Punkte auf dem Dekolleté, die sich am Hals fortsetzten. Ihr Gesicht blieb blass. Auch jetzt schienen die roten Kreise auf.

Waren Sie in der Lage, sich zu wehren?

Anna stockte. Das schien eine wichtige Frage zu sein, vielleicht hing viel von ihr ab. Als sie gerade ansetzen wollte zu antworten, betrat ein anderer Polizist, ohne vorher anzuklopfen, das Zimmer. Er hatte seine Kaffeetasse vergessen. Vielleicht war das der Moment, ab dem sich Anna nur noch milchglasartig an die Vernehmung erinnern konnte. Als hätte sie ihren Körper verlassen. Sie wusste nicht mehr, was sie sagte. Sie erinnerte sich nur noch an die Fragen, die vielen Fragen, die sich dem freien Bericht anschlossen.

Wie alt sind Sie? Wie viel wiegen Sie? Was haben Sie am 4. Juli gegessen? Was haben Sie getrunken? Wie viel haben Sie getrunken? Wann haben Sie getrunken? Woraus haben Sie getrunken? Wer hat Ihnen das Getränk gegeben? Warum haben Sie so viel getrunken? Wie viel trinken Sie normalerweise? Wie sind Sie zu der Party gefahren? Wann sind Sie angekommen? Welche Kleidung trugen Sie? Warum sind Sie zu der Party gegangen? Was haben Sie gemacht, als Sie angekommen sind? Sind Sie sicher, dass Sie das gemacht haben? Zu welcher Zeit haben Sie das gemacht? Hat Sie jemand dabei gesehen? Mit wem haben Sie gesprochen? Worüber haben Sie gesprochen? Wann haben Sie uriniert? Wo haben Sie uriniert? Wann ist Ihnen aufgefallen, dass Sie Ihr Handy verloren haben? Warum haben Sie es nicht eher geholt? Spielen Sie oft Trinkspiele? Wann waren Sie das erste Mal in der Wohnung des vermeintlichen Täters? Wie haben Sie sich kennengelernt? Warum sind Sie auf den Spielplatz gegangen? Wer hat Sie gemeinsam hochgehen sehen? Was meinen Sie, wenn Sie sagen, Sie fühlen sich schuldig? Haben Sie ihr blauweißes Tuch wiedergefunden? Waren Sie in ihn verliebt? Mit wie vielen Männern haben Sie geschlafen? Haben Sie oft mit fremden Männern Geschlechtsverkehr? Wie sah sein Schlafzimmer aus? Welche Farbe hatte die Bettwäsche? Welche Stellung hatten Sie? In welcher Position war er? Haben Sie sich gewehrt? Haben Sie Nein gesagt? Hat er Gewalt angewendet? Warum haben Sie nicht geschrien? Mit welcher Hand hat er Sie angefasst? Können Sie mir das zeigen? Wie haben Sie reagiert? Was hat er dann gemacht? Wann sind Sie am Morgen aufgewacht? Warum haben Sie dort geschlafen? Was hatten Sie an, als Sie aufgewacht sind? Woran können Sie sich in dieser Nacht noch erinnern? Wem haben Sie sich anvertraut? Warum haben Sie erst jetzt Anzeige erstattet? Zwei Monate später?

Anna konnte nicht auf alle Fragen antworten. Dass sie manchmal einfach den Kopf schüttelte oder die Schultern zuckte oder sagte, dass sie es nicht weiß. Dann fragte der Polizist, ob sie eine Pause brauche. Manchmal nickte sie, nahm einen großen Schluck Wasser, wäre am liebsten aus dem Raum gerannt, aber jetzt gab es kein Zurück mehr. Jetzt musste sie da durch.

Vielleicht hatte es eine Stunde gedauert. Oder zwei. Oder drei. Zum Schluss gab er ihr das Opfermerkblatt. Nun war es offiziell. Nun war sie ein Opfer. Auf dem Merkblatt standen Adressen von Frauen- und Opferverbänden, darauf stand auch, dass sie ein Recht auf Nebenklage hatte, wenn es zum Prozess kommen würde, aber sie wusste nicht, was das genau bedeutete. Zum Abschied sagte der Polizist: Sie als junge Frau sollten nicht so viel trinken, man würde ja sehen, wozu das führt. Sie sagte nichts dazu, nur die Wut, die sich während der Vernehmung in Angst und Unsicherheit verwandelt hatte, kehrte wieder zurück. Scheiß Typ. Scheiß Bulle. Erst als sie aus dem Büro raus war – der Weg durch die dunklen Gänge zurück erschien ihr kürzer als der Hinweg –, fiel ihr ein, was sie noch hätte fragen können: Was würde jetzt passieren? Würde sich die Polizei bei ihr melden? Oder musste sie anrufen? Warum hatte sie vergessen, das zu fragen? Oder hatte der Polizist etwas gesagt und sie hatte es nicht gehört? Warum schickte er sie nicht zur rechtsmedizinischen Untersuchung? Gehörte das nicht zum Prozedere?

Dass sie niedergeschlagen nach Hause fuhr. Dass sie den ganzen Abend allein am offenen Fenster rauchte. Niedergeschlagen war das falsche Wort. Sie bereute es. Vielleicht hatte sie unbewusst gehofft, Daria würde recht behalten. Dass sie sich danach besser fühlte. Dass sich Genugtuung einstellte. Vielleicht auch ein Gefühl, den Anfang eines abschließenden Prozesses eingeleitet zu haben. Nichts davon spürte sie. Sie war nicht nur wütend auf Jonas und den Bullen, vor allem war sie wütend auf sich selbst. Nach dem 4. Juli hatte sie sich die Schuld gegeben. Jetzt wurde dieses Gefühl noch stärker. Daria hatte versucht, ihr das auszureden: Es sei nicht ihre Schuld. Aber jetzt war sie selbst schuld. Selbst schuld, die Anzeige gestellt zu haben, selbst schuld daran, wie beschissen sie sich jetzt fühlte. Weil sie auf so viele Fragen keine Antworten wusste. Weil sie nicht wusste, wie sie es in Worte fassen sollte. Hatte er sie mit der rechten oder der linken Hand am Handgelenk gepackt? Sie wusste es nicht. Wann war es passiert? Sie wusste es nicht. Wann war sie eingeschlafen? Welche Farbe hatte seine Bettwäsche? Sie hatte keine Antworten darauf. Sie hatte nicht damit gerechnet, dass sie die Tat so detailliert wiedergeben musste. Aber natürlich, sie hatte mit nichts gerechnet, sie hatte nicht nachgedacht, mal wieder impulsiv gehandelt. Wie dumm von ihr.

Das Büro von Frau Leonard lag in der Nähe der Albertina, aber obwohl es nur zwei Straßen von der Bibliothek entfernt war, war Anna nie durch diese Straße gefahren. Die Häuser waren alt und prächtig, Jugendstil, und auch das Büro der Anwältin war so, wie man es von außen erwartete: renovierter Altbau, Fischgrätenparkett, hohe Decken und Stuck. Nur die Anwältin war nicht so, wie man sich eine Anwältin in so einem Büro vorstellte. Anna kannte niemanden, der Jura studierte. Juristen und BWLer standen für sie auf einer Stufe, und sie stellte sich schmierige Männer mit gegelten Haaren und blonde Frauen in grauen Miniröcken vor. Dass Annas Anwältin Frau Leonard keines dieser Klischees erfüllte. Die beiden waren sich auf Anhieb sympathisch. Sie bot Anna Kaffee an, aber diese nahm nur ein stilles Wasser. Frau Leonard fand keinen Flaschenöffner und machte die kleine Flasche nach einer kurzen Suche mit einer Gabel auf, plopp. Da wusste Anna, das würde passen. Die Anwältin fragte viel weniger als die Polizei.

Frau Leonard erzählte später, dass sie die Akten der Polizei einsehen kann, das reichte, sie musste nicht noch einmal alles von Anna hören, weil sie wusste, wie schmerzhaft diese Erfahrung war. Frau Leonard war spezialisiert auf Sexualstrafsachen und Opfervertretung. Eine bessere Anwältin in Leipzig hätte Anna nicht finden können. Frau Leonard erklärte ihr auch, warum die Polizei so viel gefragt hatte: Es war eine Methode, um herauszufinden, ob Anna log. Sie wollten die Zeugin bei der Vernehmung bis zu dem Punkt bringen, an dem es nicht mehr weiterging, bis die Zeugin sagen musste: Ich weiß nicht, ich erinnere mich nicht. Eine Lügnerin hätte sich wahrscheinlich jedes Detail vorher überlegt und hätte auf alles eine Antwort. Dass sich normalerweise niemand an alles erinnert. Erinnerung funktioniert in Schemen, nicht in Schubladen, erklärte die Anwältin.

Anna verstand nicht, warum sie nicht rechtsmedizinisch untersucht worden war. Frau Leonard antwortete, man könnte nur direkt nach der Tat Beweisspuren sichern, DNA oder Sperma. Aber in Annas Fall war es zu lang her, fast zwei Monate. Nur Hämatome seien auch später noch feststellbar. Ja, gab Frau Leonard zu, darauf hätte sie untersucht werden können. Jonas hatte Anna an den Handgelenken festgehalten. Könnte sein, dass sie davon blaue Flecken gehabt hatte, aber sie erinnerte sich nicht.

Frau Leonard erklärte Anna auch, es könne Monate dauern, bis die Ermittlungen abgeschlossen waren. Ein halbes Jahr mindestens – und das wäre kurz! Mit einem Jahr konnte sie rechnen. Das hatte Anna nicht erwartet. Die Anzeige erschien ihr noch sinnloser als vorher. Jetzt war es zu spät, die bürokratischen Mühlen waren in Gang gesetzt, das Warten begann.

H

Sie kamen in den frühen Morgenstunden. Dass er nicht auf die Uhr sah. Wahrscheinlich war es vier oder fünf. Natürlich rechnete er nicht damit, erzählte Jonas. Schließlich war er unschuldig.

Als er am Morgen nach der Party aufwachte, war Anna schon weg, es wunderte ihn nicht, er hatte fest geschlafen und nichts bemerkt. Wie schon bei dem Mal davor, war er froh, dass sie die unangenehme Situation des Nebeneinanderaufwachens vermeiden konnten. Er lag fast den ganzen Tag im Bett, hatte Kopfschmerzen vom Alkohol. Erst spätnachmittags half er Hannes beim Aufräumen, doch er war unmotiviert, stand eher im Weg, als behilflich zu sein. Abends bestellten sie Pizza und kifften zusammen.

Dass er die ganze Woche nicht mehr an Anna dachte. Sie war es, die sich bei ihm meldete. Die Zeit zwischen dem Viertelfinale und dem Finale, in dem Deutschland das erste Mal seit 24 Jahren Weltmeister wurde, waren neun normale Tage, Routine. Montag, Donnerstag und Freitag waren seine Bibliothekstage, und er versuchte, an der Dissertation zu arbeiten, aber bei dieser Hitze war es oft schwer. Er wäre lieber an den See gefahren oder hätte zum Spaß ein Buch gelesen, aber er hätte es nicht mit seinem Gewissen vereinbaren können. Nur manchmal fuhr er abends um sechs mit Momo an den Cossi, der südlich von Connewitz lag. Mit dem Fahrrad erreichte man den Baggersee ungefähr in 25 Minuten. Er sprang ins Wasser, ließ sich treiben, spielte toter Mann und sah den Wolken beim Wandern zu. Sie tranken ein kaltes Radler, die Sonne ging unter, und sie fuhren nach

Hause, als diese fast hinter dem Horizont verschwunden war. Ob er in der Woche nach dem 4. Juli am See gewesen war, wusste er nicht mehr. Er war so oft dort gewesen, oft mit den gleichen Leuten, oft am gleichen Platz, an der Ostseite, damit man abends noch Sonnenstrahlen abbekam. Die Erinnerungen in seinem Kopf vermischten sich, und er konnte sie keinem bestimmten Tag zuordnen.

Dienstags und mittwochs hielt Jonas während des Semesters Seminare, dienstags war das Einführungsseminar in Literaturtheorie, mittwochs ein Seminar über Literatur der Revolution. Er mochte das Lehren nicht, aber es gehörte nun mal zu seinem Job als wissenschaftlicher Mitarbeiter. Zwei Veranstaltungen pro Woche waren in Ordnung, und in den Semesterferien hatte er wenigstens seine Ruhe. Ganz stimmte das natürlich nicht, er musste Hausarbeiten von Erstsemestern, die gerade aus der Schule kamen, korrigieren, und das merkte man den Texten an: Die meisten Hausarbeiten der Lehramtsstudentinnen bestanden aus Inhaltsangaben, und sie waren nicht in der Lage, eine eigene Fragestellung zu entwickeln. Diese Lehramtsstudentinnen waren es auch, die ihn im Seminar entweder verständnislos anblickten oder alles mitschrieben, was er sagte. Diskutieren wollten sie nicht, also beantwortete er sich seine Fragen selbst. Nur manchmal gab es Ausnahmen: Einmal saß ein Student aus China in seinem Seminar, der mehr über Hegel wusste als er selbst und der ein kompliziertes Tafelbild malte, auf dem er den Zusammenhang zwischen Konfuzianismus und Hegel am Beispiel des Kosmos erklärte.

Das Seminar am Mittwoch lief besser als das Einführungsseminar. Sie lasen Büchner, Hesse, Dostojewski, und wenigstens ein Drittel der Studenten hatte die Texte gelesen. Außerdem spielte ihm das Zeitgeschehen, die Revolution in der Ukraine, in die Hände, und ein paar Studenten beteiligten sich engagiert an den Diskussionen. Seine Aufgabe bestand vor allem darin zu moderieren.

Die Woche nach dem 4. Juli war nicht komplette Routine, fiel ihm wieder ein, sie war die letzte Woche des Vorlesungszeitraums. Zu Beginn des Semesters waren die Veranstaltungen üblicherweise gut besucht, doch die Teilnehmerzahl nahm kontinuierlich ab, gegen Ende waren in der Einführung nur mehr 20 Studierende, und bloß am letzten Termin waren sie wieder vollständig: Die Klausur stand an. Jonas blickte in Gesichter, die er das ganze Semester über nicht gesehen hatte. Im Revolutionsseminar wurde keine Klausur geschrieben, es gab also keinen Grund für die Studenten zu kommen, und so waren sie am letzten Termin gerade mal zu dritt. Die meisten hatten ihre Prüfungsleistung, ein Referat, schon gehalten, waren wahrscheinlich in den Urlaub gefahren, und auf dem Seminarplan stand nur noch die Abschlussdiskussion. Wäre Jonas Student gewesen, wäre er auch nicht gekommen.

Mittwochs hatte er Plenum in der M16. Der Name war eine Abkürzung der Straße, in der das Haus in Connewitz stand: Mathildenstraße 16. Anfang der 90er war das Haus besetzt gewesen. In der Zeit nach der Wende herrschte in Leipzig eine Art rechtsfreier Raum: Viele Leute zogen in den Westen, es gab großen Leerstand und die Menschen besetzten einfach leere Häuser, wie sie Lust hatten. Es gab Straßenschlachten zwischen Linken und Rechten und schließlich räumte die Polizei viele besetzte Häuser, auch die M16 gehörte dazu. Inzwischen hatten die Bewohner des Hauses, meist junge Leute, normale Mietverträge, aber sie waren trotzdem billiger als im Rest des Viertels. Auch der Geist der 90er hielt sich: Im Erdgeschoss gab es eine Kneipe, die von einem Kollektiv betrieben wurde. Die Gruppe handelte als gemeinnütziger Verein, sie verdiente damit also kein Geld, sie zahlte von den Einnahmen durch den Getränkeverkauf die Miete oder kaufte neue Getränke oder Mikrofonständer, wenn eine übereifrige Punkband mal wieder ein Bein vom Ständer abgebrochen hatte. Dienstags und donnerstags gab es Vokü: Ein paar Leute kochten gemeinsam, und das Essen war billig, kostete drei oder vier Euro. Manchmal fand in der M16 auch ein

Konzert oder ein Cocktailabend statt. Als seine Ex-Freundin Lisa ihn das erste Mal in die M16 zur Vokü mitgeschleppt hatte, dachte Jonas, er käme nun zu linken Hippies mit Dreadlocks und Palituch, aber die Linken in Connewitz nannten sich Antideutsche und früher hatte er sich auch so bezeichnet. Sie standen für bedingungslose Solidarität mit Israel und fanden Marx besser als Foucault. Sie tranken gern Coca-Cola, um antiamerikanische Kapitalismusgegner zu ärgern, waren gegen Antisemitismus und ihr Leitspruch war: Nie wieder Deutschland. Womit sie Nie wieder Auschwitz meinten.

Jonas teilte einige Meinungen der Antideutschen, er war gegen verkürzte und antisemitische Kapitalismuskritik, fand es wichtig, dass es einen israelischen Staat gab, aber insgesamt waren sie ihm oft zu dogmatisch und ihre Sicht ein wenig einseitig. Früher hätte er keine Fußballspiele der Weltmeisterschaft geschaut, heute konnte er guten Fußball anerkennen, ohne selbst patriotisch zu sein.

Lisa und er hatten vor ein paar Jahren zusammen Vokü in der M16 gekocht (stundenlang standen sie in der Küche, schälten rote Beete und machten selbst Warenikis). Dass Lisa und er sich im Auslandsjahr in Kiew kennengelernt hatten, der Kochabend in der M16 war eines ihrer ersten Dates nach ihrem Techtelmechtel, wie er es nannte, in Kiew gewesen. Damals war noch nicht klar, worauf es hinauslaufen würde, später waren sie fest zusammen.

Lisa hatte sich nach dem Kochabend nicht wieder in der M16 engagiert, Jonas war dabeigeblieben. Seit mittlerweile fast sieben Jahren war er Teil des Organisationskollektivs, nur in den letzten eineinhalb Jahren hatte sein Engagement abgenommen. Er übernahm weniger Tresenschichten, kam nicht mehr regelmäßig zum Plenum, war aber noch 2. Vereinsvorstand und Schatzmeister. In diesem Sommer der Fußball-WM war er wieder öfter ins Plenum gegangen, die Steuererklärung war überfällig, und er schien der einzige zu sein, der sich damit auskannte. Schon zweimal hatte er versucht, Jüngeren das System zu erklären, und sogar einen Workshop zu Vereinssteuererklärungen gehalten, aber die anderen Mitglieder schienen beratungsresistent zu sein. So musste er das Gros der Steuererklärung wieder allein übernehmen.

Das Plenum in der Woche vor dem WM-Finale zog sich; obwohl nicht viele Punkte auf der Tagesordnung standen, diskutierten sie über jede Kleinigkeit ewig. Er hörte nicht mehr zu und sah auf sein Handy: Er hatte eine Nachricht von Anna bekommen.

Wie gesagt, er wunderte sich nicht, dass sie nach Hannes' Geburtstag morgens gegangen war, ohne sich zu verabschieden. Dass er sich nicht mehr an jedes Detail des Geschlechtsverkehrs erinnerte. Er war ziemlich betrunken, aber es war einvernehmlich, schließlich benutzte er ein Kondom! Würde man das bei einer Vergewaltigung machen? Anna hatte keine Ablehnung signalisiert, selbstverständlich hätte er ihren Willen akzeptiert, wäre es anders gewesen. Außerdem hatten sie sich bereits auf dem Spielplatz geküsst, dafür gab es mehrere Zeugen, und es zeigte, dass Anna da schon freiwillig gehandelt und er sie zu nichts gezwungen hat. Er verbesserte seine vorherige Aussage: Er erinnerte sich an alles, nur war seine Erinnerung durch den Alkohol getrübt.

Jedenfalls dachte er nicht weiter über die Sache nach, schließlich hatten sie alles geklärt, also ihre Beziehung zueinander. Ob er nicht dachte, Anna würde sich nun, da sie zum zweiten Mal miteinander geschlafen hatten, Hoffnungen machen, fragte ich. Dass er eben nicht darüber nachdachte, weil er ihr schließlich gesagt hatte, was Sache war: Er wollte keine Beziehung, er hatte im Moment kein Interesse an etwas Ernsthaftem. Für ihn war klar, dass die Nacht ein Fehler gewesen war. Nun konnte man diesen Fehler nicht mehr rückgängig machen. Beide waren betrunken gewesen, solche Dinge passieren eben. Es gab nichts über diesen Fehler zu reden. Über die Falschbeschuldigung, darüber muss man reden.

Dass es überraschend kam, als sie schrieb: Kommst du am Sonntag mit Finale gucken? Er antwortete erst einen Tag später: Ja, gern. Wo? Dass sie auf diese Nachricht nicht antwortete. Auch dabei dachte er sich nichts. Ihre Nachricht war sehr allgemein gewesen, fast wie eine Sammelnachricht, die man gleichzeitig an mehrere Leute schickt. Sie sprach ihn nicht explizit an, und es war so formuliert, dass er denken musste, sie würden nicht zu zweit sein. Es klang so: Ich gehe sowieso mit mehreren Leuten Fußball gucken, du kannst dich anschließen. Er wollte zwar keine Liebesbeziehung oder eine Affäre mit ihr, das hieß aber nicht, dass er den Kontakt zu ihr vollkommen abbrechen wollte. Das hatte er nie gesagt.

Wann er Anna das nächste Mal gesehen hat? Er antwortete zunächst nicht. Am Kreuz, sagte er dann. Beim REWE am Kreuz. Es war irgendwann im August, vor seinem Urlaub. Sie hatte sich komisch verhalten, lief ohne Gruß weg. So eine Reaktion passierte einem nicht jeden Tag. Er wusste ja noch nichts von ihren Vorwürfen. Für ihn ergab ihr Verhalten keinen Sinn. Er erwartete nicht, dass sie beste Freunde wurden, aber man konnte ja wie Erwachsene miteinander umgehen. Dass sie ihm natürlich nicht in die Augen sehen konnte, sagte Jonas. Bei dem, was sie vorhatte. Wie könnte man jemandem ehrlich in die Augen sehen, den man ans Messer liefert, dessen Leben man zerstört.

Niemals hätte er damit gerechnet. Er dachte, sie sei unglücklich in ihn verliebt. Man traut niemandem so eine böse Tat zu. So eine Beschuldigung, die alles kaputt macht.

War Jonas' Mitbewohner Momo nach der Party etwas an Jonas aufgefallen? Verhielt er sich anders als sonst? Momo nickte und sagte, dass Jonas sich komisch verhalten hat. Dass er nervös war, unruhig. Auch sonst war Jonas kein entspannter Typ, niemand der stillsitzen konnte, er brauchte immer etwas zu tun. In dieser Woche lief er nervöser als sonst durch die Wohnung, putzte diese und sein Zimmer akribisch, das kam selten vor. Dass er und Jonas sich stritten, über die Waschmaschine. Jonas war eigentlich niemand, der schnell laut wurde, aber am Montag nach der Party fuhr er Momo an, er soll endlich seine Wäsche aus der Waschmaschine holen, er muss unbedingt waschen, es ist nicht in Ordnung, dass Momo immer die Waschmaschine blockiert. Momo hatte etwas zurückgeblafft. Wahrscheinlich einen Gegenvorwurf, Jonas räumt nie die Spülmaschine aus und spült nie seine benutzten Pfannen ab. Normale WG-Konflikte, nichts Außergewöhnliches. Doch anscheinend wollte Jonas unbedingt seine Bettwäsche waschen. Damals fand Momo das nicht seltsam. Erst als sich die Geschichte verbreitete und die Polizei mit ihm gesprochen hatte, fiel es ihm wieder ein, und alles passte natürlich zusammen.

Jonas sagte, dass er generell zu dieser Zeit gestresst war, wegen der Dissertation und der Trennung von Lisa. Er wollte sich am liebsten in die Arbeit stürzen, sich ablenken, aber er musste doch immer wieder an seine Ex-Freundin denken, er vermisste sie. Komischerweise hatte er ihr gegenüber ein schlechtes Gewissen. Er konnte nun mit jeder Person schlafen, mit der er wollte, trotzdem fühlte er sich, als habe er Lisa mit Anna betrogen. Anna war erst die dritte Frau gewesen, mit der er Sex gehabt hatte, und niemals hätte er geglaubt, er könne mit einer Frau schlafen, die er nicht liebte. Aber Sex ohne Liebe hatte etwas für sich. Es hatte Spaß gemacht, sich nur auf die Körper zu konzentrieren, die pure Lust. Während diese Worte aus seinem Mund kamen, stockte er.

Dass er es nicht so gemeint hatte, verbesserte er sich schnell. Er wollte nur darstellen, dass es eine besondere Erfahrung war: Sex ohne Liebe. Man fühlt sich dem anderen nicht näher, nein, sogar weiter weg. Er mochte Anna. Er hätte nicht mit irgendwem schlafen können. Es musste ein Grundvertrauen, eine Grundsympathie geben. Aber gleichzeitig machte ihn Anna verrückt, etwas an ihr provozierte ihn. Er konnte es nicht genau benennen. Ihr Verhalten schien manchmal willkürlich und kindisch. Zum Beispiel die Sache mit der Deutschlandfahne: Das war paternalistisch. Es stand ihr nicht zu, anderen ihre Meinung zu diktieren. Manchmal hätte er sie gern an den Schultern gepackt und geschüttelt und geschrien: Was ist los mit dir? Warum bist du so?

Dass Momo die Tür öffnete. Etwa um vier oder fünf Uhr morgens stand die Polizei vor ihrer Haustür. Momo dachte, sie seien seinetwegen da. Er kiffte fast täglich und ab und zu nahm er auf Technopartys chemische Drogen. Außerdem versorgte er seinen Freundeskreis mit Gras, er hatte den direkten Kontakt zu einem Dealer und gab die Bestellungen seiner Freunde, die nur ab und zu Gras wollten, weiter. Dass er überlegte, wo er in der Wohnung Drogen versteckt hatte. Lag im Kühlschrank noch MDMA? Oder sogar Ketamin? Die Polizisten hielten Momo den Durchsuchungsbefehl vor die Nase, darauf stand: Jonas Schimmel.

Jonas wurde aus dem Tiefschlaf gerissen, seine Glieder waren schwer. Als er realisierte, wer da in der Wohnung war, bekam er Angst, die Panik kam später. Er ging die vorherigen Wochen und Monate in seinem Kopf durch – was war passiert? Er dachte an die letzte Demo gegen eine Friedensmahnwache, den Vorläufer von Legida. Er und ein paar Genossen hatten Flugblätter gegen die Rassisten aus den sächsischen Dörfern verteilt, die Überschrift lautete:

> Brosamen der Gesellschaft. Über den Zusammenhang von Kapitalismuskritik und Antisemitismus.

War das etwa illegal gewesen? Wahrscheinlich war er auf vielen Videos der Polizei zu sehen. Die Polizisten hatten die Gegendemonstranten gefilmt, er war nicht vermummt gewesen. Wollten sie ihm etwas anhängen? Er hatte schon öfter von Hausdurchsuchungen in der linken Szene gehört: Die Bullen suchten einen Vorwand, um einem etwas in die Schuhe zu schieben, ein Exempel zu statuieren: Aus einem Feuerzeug, einer Glasflasche, einem Waschlappen und Grillanzünder wurde ein Molotowcocktail, mit dem man plante, das Polizeirevier anzuzünden.

Dann erst las er den Durchsuchungsbefehl: Vergewaltigung. Das konnte nicht sein, seine Müdigkeit verflog, seine Sinne schärften sich. Während er und Momo ungläubig im Flur standen, durchsuchten die Polizisten sein Zimmer, fotografierten die Matratze, die Bettwäsche, eine leere Kondompackung unter dem Bett. Momo stellte sich vor seine Tür und hielt sie davon ab, auch sein Zimmer zu betreten, das war nicht rechtens.

Was war passiert? Hatte er Lisa etwas getan? Er brachte das Handeln der Polizei nicht mit seinem eigenen in Verbindung und nicht mit Anna. Er war in Schockstarre. Nachdem die Polizei Fotos gemacht hatte, konfiszierte sie Beweismaterial. Sein iPhone und sein MacBook.

I

Alle wussten es. Hannes erinnerte sich nicht mehr, wann er das erste Mal von dem Fall, wie alle es nannten, gehört hatte. Zuerst waren es nur Gerüchte. Es soll eine Hausdurchsuchung gegeben haben, wegen einer Vergewaltigung. Dann wurden Ort und Zeit der Tat bekannt: Auf einer Gartenparty, während des Spiels Deutschland–Frankreich, keiner der Gäste soll etwas mitbekommen haben. Dann kam heraus, dass es um einen jungen Doktoranden und eine Studentin ging, beides Geisteswissenschaftler. Keiner kannte ihre Namen.

Alle sprachen darüber. Vor der Albertina diskutierten Studenten, die Hannes nie zuvor gesehen hatte, über den Fall: über den jungen Doktoranden, der von einer Studentin angezeigt wurde, weil er sie vergewaltigt haben soll. Abends, wenn er sich beim Späti ein Radler holte und sich mit Freunden am Herderpark traf, gab es kein anderes Thema als den gewalttätigen Vergewaltiger und das schutzlose Opfer. Die junge Frau, die betrunken mit einem Mann Sex gehabt und nicht aufgepasst hat.

Bald fingen die Beschuldigungen und Verdächtigungen an: Natürlich gab es viele Studentinnen, und alle überlegten: Gab es eine, der es in den letzten Monaten schlecht ging? Die vielleicht in den Seminaren fehlte, die auf einer Gartenparty war? Das Feld der jungen männlichen Wissenschaftler war kleiner: War nicht der Typ, der einem jeden Tag in der Albertina gegenübersaß, ein Doktorand? Oder schrieb er nur an einer kniffligen Hausarbeit und war deswegen jeden Tag in der Bibliothek? Wem traute man es zu? Der eine Seminarleiter hatte mal einen sexistischen Spruch im Seminar gebracht, der wäre bestimmt zu so etwas fähig, und war er nicht in den letzten Seminaren seltsam verwirrt und abwesend gewesen?

Je nachdem, mit wem man sprach, hörte man eine andere Version der Geschichte. Mal war davon die Rede, er hätte sie im Schlaf vergewaltigt, mal hieß es, er hätte sie im Fahrradschuppen eingesperrt und an die Wand gekettet. Die Geschichten wurden immer bizarrer. Einerseits wollten die Leute unbedingt wissen, wer Täter und Opfer waren, andererseits lag immer noch ein anderes Wort in der Luft: Falschbeschuldigung.

Dass es Jonas und Anna waren, erfuhr Hannes von Jonas selbst. Nach seinem Geburtstag war er noch einige Male mit Jonas in der Mensa, und sie sahen ein paar Fußballspiele gemeinsam. Welche genau hat er vergessen, wahrscheinlich die Halbfinalspiele. Dann meldete sich Jonas nicht mehr bei ihm und antwortete nicht auf Nachrichten. Schließlich bekam er nur eine kurze SMS: Heute Abend Bier? Sie trafen sich bei Hannes in Schleußig in der Kneipe *Das gute Leben*.

Das Gespräch war mühsam, Jonas sagte nicht viel, rauchte und schien abwesend. Während Hannes gerade von einem Film erzählte, den er einen Tag vorher im Freiluftkino gesehen hatte, fragte ihn Jonas, ob er schon von dieser Vergewaltigungsgeschichte gehört hat. Hannes nickte genervt, er hatte keine Lust, darüber zu reden, die Leute zerrissen sich schon genug das Maul darüber. Jonas sagte daraufhin, dass es um ihn und Anna geht. Anna hat Anzeige erstattet. Hannes trank einen Schluck Bier, geschockt, fragte Jonas nach einer Zigarette. Dass er lang nach einem Feuerzeug suchte und überlegte, ob er ihn fragen soll: Hast du es getan? Aber er traute sich nicht. Dann beantwortete Jonas die Frage selbst: Niemals sei er zu so etwas fähig, niemals würde er Anna so etwas antun. Dass Hannes gleichzeitig zu viele Gedanken durch den Kopf schossen, Chaos. Jonas sprach weiter und sagte, er hat eine Bitte. Ob Hannes mit Anna sprechen kann. Die beiden sind schließlich gute Freunde, er muss wissen, warum sie es getan hat, warum sie ihn falsch beschuldigt. Hannes nickte, war sich zwar nicht sicher, ob es eine gute Idee war, aber Jonas blickte ihn so verzweifelt an. Ein Nein hätte er wohl nicht akzeptiert. Er sieht, was er machen kann. Sie gingen schnell zu einem anderen Thema über.

Ich fragte Hannes, was sein erster Impuls war, ob Jonas die Wahrheit gesagt hatte. Er überlegte und antwortete, dass er ihm glaubte.

Er ging zu Anna, weniger für Jonas als für sich selbst. Nach dem Gespräch mit dem Freund schien die Sache klar gewesen zu sein: Anna log, Jonas wurde zu Unrecht beschuldigt. Andererseits erinnerte sich Hannes an den Tag, als er Anna das Handy zurückbrachte. War es doch keine ihrer üblichen Stimmungsschwankungen gewesen, wie er vermutet hatte?

Hannes vereinbarte mit Anna keinen Termin, er hatte Angst, sie würde ihn nicht treffen wollen. Er klingelte an ihrer Haustür. Sie war zu Hause, er hörte ihre Schritte im Flur. Oh, du bist es, sagte Anna. Ja, sie hat Zeit für einen Kaffee. Sie wirkte stabiler als das letzte Mal, aber immer noch neben der Spur. Sie könnten auf den Balkon gehen, sagte sie, Verena, in deren Zimmer der Zugang zum Balkon war, war nicht da. Hannes wartete auf der roten Couch, während Anna den Kaffee zubereitete. Sie wusste, wie er den Kaffee mochte, mit einem Schuss Milch. Hannes hatte keine Lust auf Smalltalk, er kam direkt zum Punkt und sagte, er muss mit ihr sprechen. Er schilderte sein Anliegen und sagte, er muss wissen, ob sie lügt. So oder so ist er weiterhin ihr Freund.

Dass ihr erster Impuls es war, ihn rauszuwerfen. Aber sie riss sich zusammen, blieb sitzen, zog die Knie an, umarmte ihre Beine. Sie will nicht darüber sprechen. Eine Pause. Aber ja, Jonas hat sie an seinem Geburtstag vergewaltigt, und sie hat ihn angezeigt. Inzwischen bereut sie die Anzeige. Genau deswegen, weil er nun hier sitzt und sie sich rechtfertigen muss. Das sollte Jonas' Rolle sein, nicht ihre.

Später machte sich Hannes Vorwürfe, für das, was er dann sagte: Er kann sich einfach nicht vorstellen, dass Jonas so etwas macht. Er ist so ein lieber Kerl. Er ist reflektiert, kein Macho, nicht einmal Sexist.

Da war sie wieder, die Wut. Anna stand auf und fragte ihn, ob er gehen könnte, bitte. Entweder er glaubt ihr und steht auf ihrer Seite, oder er muss gehen. Und: Wenn er jetzt geht, sieht sie ihre Freundschaft als beendet an.

Hannes wollte sie nicht als Freundin verlieren. Sie war eine seiner längsten Freundinnen, sie kannten sich so gut. Dass Anna ihn in die Ecke drängte, er konnte keinen klaren Gedanken fassen, er brauchte Zeit, musste darüber nachdenken, konnte sich nicht sofort entscheiden, auf welcher Seite er stand.

Annas Stimme war zwar scharf, aber nicht laut gewesen, aber als er sich nicht regte, sie nur anstarrte, rief sie: Verpiss dich! Raus! Er folgte ihrer Aufforderung, schüttete aus Versehen den Kaffee über das Sofa, flüsterte noch, dass er einen Lappen holen könnte, aber sie brüllte abermals: Raus.

Dass sie danach zusammenbrach und weinte und zitterte, sagte Anna. Sie hat einen Freund verloren, das tat so weh.

Nach dem Gespräch mit Anna hatte er schlaflose Nächte, erzählte er. Seit diesem Treffen hatte er nicht mehr mit Anna gesprochen, sie hatte ihre Drohung wahrgemacht und den Kontakt abgebrochen. Auch Jonas mied ihn eine Zeit lang, es lief ähnlich wie mit Anna: Nach dem Gespräch mit ihr traf er sich wieder mit Jonas und äußerte den Verdacht, dass es Jonas war, der log. Dieser wurde auch wütend, verständlicherweise, sagte Hannes. Er schmiss ihn zwar nicht raus, meldete sich danach aber nicht mehr. Irgendwann begegneten sie sich in der Mensa wieder, Hannes entschuldigte sich, und es war wieder wie vorher. Über die Sache sprachen sie erst mal nicht mehr.

Warum er sich entschuldigt hat, fragte ich Hannes. Er stand also auf Jonas' Seite. Hannes schüttelte heftig den Kopf, er hatte sich damals nur dafür entschuldigt, wieder von dem Thema angefangen zu haben, sie hatten abgemacht, nicht mehr darüber zu sprechen. Dann fand Hannes es in Ordnung, mit einem Vergewaltiger befreundet zu sein?, fragte ich. Nein, natürlich nicht. Er sah unglücklich aus. Genau das war ja sein Dilemma, führte er aus. Er wusste nicht, wem er glauben soll. Wäre es nach ihm gegangen, hätte er den Kontakt mit Anna nicht abgebrochen, es musste möglich sein, mit beiden befreundet zu sein, egal was passiert war. Er wollte niemanden verurteilen. Aber Jonas und Anna sahen es anders. Beide wollten, dass er Position bezog, und natürlich, in dem Moment sah es so aus, als stehe er auf Jonas' Seite, aber das tat er nicht. Er wollte nur nicht noch einen Freund verlieren. Doch er musste wissen, wem er glauben konnte.

Dass er nach der Hausdurchsuchung die Vorladung natürlich erwartet hat, sagte Jonas. Danach begann seine Paranoia. Er dachte, die Polizei würde wieder vor seiner Tür stehen und ihn diesmal abholen. Rational war ihm klar, dass es unrealistisch war, sie würden nicht noch einmal kommen, sie würden ihn nicht mitnehmen und einsperren. Trotzdem konnte er in den Morgenstunden nicht mehr schlafen.

Der Brief mit der Vorladung war unspektakulär und in sachlichem Ton verfasst, wie ein Brief von einer Versicherung oder einer Bank. Er nahm sich einen Anwalt, tatsächlich war es Nina aus der M16, die ihm einen empfohlen hatte. Nina hatte schon mehrere Anzeigen, unter anderem, weil sie einmal auf einer Demo einen Bullen beschimpfte und ein anderes Mal, weil sie Böller aus Polen unter einer Brücke zündete und damit gegen das Sprengstoffmittelgesetz verstieß.

Dass Jonas seinen Anwalt nicht besonders mochte, sagte er. Er fand ihn inkompetent, er nahm sich wenig Zeit, war hektisch und nervös, suchte etwa zehn Minuten lang nach einem Stift. Er schien auch keine Erfahrung mit einem derartigen Fall zu haben, nur mit Strafsachen allgemein, Körperverletzung, Raub und solchen Dingen. Aber erst mal war es besser, einen Anwalt zu haben als gar keinen, und Jonas hatte nicht die Zeit und Nerven, einen anderen zu suchen, die Vernehmung stand vor der Tür.

Es war ungewöhnlich, dass sich Jonas der Vernehmung stellte, sagte Frau Leonard, Annas Anwältin. Anna hatte den Kontakt zur Anwältin von Stefanie aus der Opferberatungshilfe bekommen. Nachdem sie Anzeige erstattet hatte, die Hausdurchsuchung bei Jonas durchgeführt wurde und die Gerüchte begannen, beschloss Anna, mit jemandem zu reden, der objektiv war. Es tat gut, mit der Sozialarbeiterin zu sprechen. Endlich war da jemand, der sich auskannte, der wusste, was sie durchmachte, keine falschen Dinge sagte, ihr zuhörte, nichts von ihr forderte. Sie hatte Angst, bei komischen 68er-Frauen zu landen, die vielleicht esoterisch waren, aber Steffi war bodenständig und gab ihr gute Tipps: Wenn es zum Prozess komme, könnte sie zum Beispiel Nebenklägerin werden, dann wäre sie nicht nur Zeugin, sondern könnte den Prozess auch mitgestalten.

Die meisten Männer, die wegen Sexualstrafsachen angezeigt wurden, erschienen nicht zur Vernehmung, führte Frau Leonard aus. Sie sagte bewusst Männer, weil die meisten Täter von Sexualstraftaten nun einmal Männer seien, obwohl es unter den Opfern nicht nur Frauen, sondern auch Männer gebe. Insgesamt sei die Dunkelziffer bei Vergewaltigungen hoch, denn nur wenige wurden angezeigt.

Es war das gute Recht eines jeden, nicht zur Vernehmung zu erscheinen und aus ihrer Sicht auch keine schlechte Strategie. Lieber nichts sagen, als sich in Widersprüche zu verstricken. Aber Jonas sagte aus.

Ja, sein Anwalt hatte ihm davon abgeraten, und das war es auch, was er aus Kreisen der linken Szene kannte, auch wenn es hier meist um andere Delikte ging oder für den Fall, dass man bei einer Demo grundlos festgenommen wurde: Nicht mit der Polizei sprechen. Er bereute es nicht. Er war froh, dass es eine offizielle Version seiner Geschichte gab, also der Wahrheit. Er konnte das, womit Anna ihn beschuldigte, nicht einfach so stehen lassen. Und ehrlich gesagt, vermutete er, ihre Chancen stünden schlecht: Welche Beweise hatte sie schon gegen ihn in der Hand? Schließlich war er kein Perverser, der es auf Video aufgenommen hatte oder so.

Jonas hatte recht: Die Beweislage war dünn. Niemand hatte etwas gesehen oder gehört. Es gab nur Zeugen dafür, dass Jonas und Hannes Anna gemeinsam in Jonas' Wohnung brachten, aber das allein war zu wenig. Eine der wichtigsten Zeuginnen war Daria, weil Anna ihr als Erster von der Nacht erzählte, und so war sie die erste Zeugin, die von der Polizei geladen wurde. Durch sie konnte die Polizei Annas Geschichte mit der vergleichen, die sie Daria erzählt hatte und so überprüfen, ob sie log. Auch Hannes und Momo wurden als Zeugen geladen und konnten die Timeline des 4. Juli mit ihren Aussagen verifizieren. Die vierte Zeugin, die geladen wurde, war Verena, Annas Mitbewohnerin. Ihre Vernehmung war kurz, sie bestätigte auch einige Geschehnisse des Partyabends und, dass es Anna im Sommer 2014 nicht gut ging. Mehr Zeugen wurden nicht vernommen.

Auch eine rechtsmedizinische Untersuchung wurde nicht durchgeführt, damit könnten Beweise sichergestellt werden. Aber diese hätte spätestens ein paar Tage nach dem 4. Juli stattfinden müssen, sie hätten Reste von Sperma sicherstellen, Verletzungen dokumentieren können. Dass Anna auch später noch untersucht hätte werden können: In der rechtsmedizinischen Abteilung der Universität konnte man Wochen nach einem Vorfall Hämatome feststellen, auch wenn die blauen Flecken auf der Haut längst verschwunden waren. Aber auch diese Untersuchung wurde bei Anna nicht gemacht.

So stand Aussage gegen Aussage. Annas Wort, dass Jonas sie vergewaltigt hat, sie mehrmals Nein gesagt und sich gewehrt hat, gegen Jonas' Wort: Es war einvernehmlich.

Frau Leonard sagte, dass es nicht nur ungewöhnlich war, dass Jonas aussagte, nein, genau so ungewöhnlich war es, dass Anna zu einer weiteren Vernehmung geladen wurde. Diesmal sprach sich Anna vorher mit ihr ab, aber es gab nicht viel abzusprechen, schließlich wusste keine der beiden, worum es ging, also konnte Frau Leonard nur sagen, Anna solle ruhig bleiben, vor jeder Antwort einmal durchatmen und kurz überlegen, was sie sagen wollte, nicht vorschnell antworten. Es ging um Nachrichten, die die Polizei auf Jonas' Handy gefunden hatte. Anna hatte auch bei der Polizei ausgesagt, dass sie und Jonas nach der Vergewaltigung keinen Kontakt mehr hatten.

Von Jonas erfuhr ich, dass Anna sich in der Woche nach dem 4. Juli bei ihm meldete. Dass sie ihn fragte, ob sie das Finale der WM gemeinsam gucken wollten, aber Jonas stufte die Nachricht als unpersönlich ein, und es kam nie zu einem Treffen. Fast einen Monat nach Hannes' Geburtstagsparty schrieb Anna Jonas noch einmal, am 4. August, um 16:34:

> Hey, wollen wir heute Abend vor dem Vortrag noch ein bisschen zusammen abhängen? Oder danach? Wäre für mich auch okay. Wir haben uns so lang nicht gesehen.

Jonas antwortete erst, als der Vortrag, auf den Anna sich bezog, schon vorbei war, um 23:12:

> Sorry, zu spät gelesen. Habe mich in der Dissertation vergraben und nicht auf mein Handy geguckt. Aber die Tage mal Mensa?

Nun war es Anna, die darauf nicht mehr reagierte. Die nächste Nachricht sendete Jonas am 15. August um 14:07:

> Alles Gute zum Geburtstag! Hoffe, du feierst schön. Habe heute einen Text von Petrowskaja in der FAZ gelesen. Gar nicht so schlecht ;)

Anna antwortete nicht auf die Nachricht. Dass sie sich wunderte, erzählte sie auf meine Nachfrage. Dass sie nicht am 15. August Geburtstag hatte. Tatsächlich war ihr Geburtstag genau einen Monat später am 15. September. Sie erinnerte sich nicht daran, mit Jonas jemals über ihren Geburtstag gesprochen zu haben, woher sollte er wissen, wann er war? Hatte sie bei Facebook ein falsches Datum eingetragen? Das konnte es sein.

Aber es war anders: Jonas traf Hannes und der sagte, Annas Geburtstag sei am 15. Er hatte natürlich September gemeint, aber da es August war, hatte Jonas angenommen, es ginge um den 15. August.

Am 26. August, einen Tag nachdem Anna Anzeige erstattet hatte, schrieb sie Jonas erneut:

> Hey, was geht? Wollen wir mal wieder was machen?

Jonas blieb ihr die Antwort schuldig.

Anna erklärte, dass sie mit Jonas reden wollte. Deswegen hatte sie ihn kontaktiert. Dass sie nicht verstand, was passiert war, dass sie ihn konfrontieren wollte. Zum Zeitpunkt ihrer ersten Nachricht war sie nicht wütend, die Wut kam erst, als sie ihn im REWE wiedergetroffen hatte. Sie hatte unterschätzt, was es bei ihr auslösen würde, ihn wiederzusehen. Aber bevor die Wut da war, war schon ein Bedürfnis da, das bis heute nicht verschwunden ist: Sie wollte eine Entschuldigung. Und sie wollte, dass er sich zu seiner Tat bekannte. Dass er ihr in die Augen blickte und sagte: Ja, ich habe dich vergewaltigt, und es tut mir leid. Sie hatte die Anzeige im Affekt gestellt, erst danach verstand sie selbst, was sie sich davon erhofft hatte: eine Art Gerechtigkeit und Frieden. Mit sich und mit Jonas. Sie war sich nicht sicher, ob sie einen Prozess wollte. So weit hatte sie nicht gedacht. Würde es vor Gericht gehen, müsste sie alles noch einmal erzählen. Sie wusste nicht, ob sie das konnte. Aber was ein Prozess ihr bringen konnte, war Gerechtigkeit. Eine Verurteilung. Alle würden dann wissen, dass sie keine Lügnerin und Jonas nicht der brave Junge von nebenan war, für den ihn alle hielten. Dem Urteil eines Gerichts würde geglaubt werden.

Anfangs hatte sie eine Anzeige zwar ausgeschlossen, aber schon da wollte sie diese Gerechtigkeit erreichen, und deswegen schrieb sie ihm am 4. August, zwei Tage nachdem sie ihrer Schwester alles erzählt hatte. Es war das erste Mal, dass sie sich selbst damit konfrontierte, was passiert war. Erst danach war sie in der Lage, an Konsequenzen zu denken, für sich und für Jonas. Und eine Konsequenz war, dass sie mit Jonas reden musste. Sie wusste nicht einmal genau, was sie mit ihm reden wollte. Sie hatte es sich nicht Wort für Wort überlegt, sich keine Sätze zurechtgelegt. Anna gab zu, dass sie schon immer ein bisschen aufbrausend und spontan war und oft handelte, ohne vorher nachzudenken. Dass sie ihm am 4. August schrieb, war so eine spontane Handlung. Dass sie natürlich nicht schreiben konnte: Hallo wir müssen reden und zwar darüber, dass du mich am 4. Juli vergewaltigt hast. Das war keine Option. Natürlich würde er dann Nein antworten.

Sie dachte, seine Antwort auf ihre Nachricht war eine Lüge. Dass er die Nachricht schon früher gelesen hatte, und dass es eine Ausrede war, mit der Dissertation. Natürlich war er nicht scharf darauf, sie wiederzusehen.

Mit ihrer Nachricht am 26. August verfolgte Anna ein ähnliches Ziel wie vom Anfang des Monats. Sie hatte Anzeige erstattet, und sie wollte, dass er es von ihr erfuhr. Das war nur respektvoll. Aber natürlich konnte sie das nicht in einer SMS schreiben, also versuchte sie wieder, mit einem anderen Vorwand, ein Treffen mit ihm zu arrangieren.

Sie rechnete nicht damit, dass sie eine Hausdurchsuchung machten. Wieder einmal hatte sie nicht an die Konsequenzen gedacht, sagte Anna. Sie ärgerte sich über sich selbst.

Auf die Frage, warum Jonas sich nach Annas zweitem Kontaktversuch nicht noch einmal bei ihr meldete, obwohl er in der Nachricht das Gegenteil geschrieben hatte, ob sie in die Mensa gehen wollten, antwortete er das Gleiche wie vorher: Dass er Anna keine falschen Hoffnungen machen wollte, und er befürchtete, es würde ein Beziehungsgespräch werden. Und tatsächlich hatte er vergessen, ihr zu schreiben, er hatte einfach so viel um die Ohren. Auf Annas Nachricht Ende August wollte er eigentlich antworten, aber mit der Hausdurchsuchung vergaß er auch das, und es stellte sich natürlich schnell heraus, wer die Durchsuchung zu verantworten hatte, und er war nun verständlicherweise nicht gut auf Anna zu sprechen.

J

Hannes sagte, dass er im Sommer 2014 mehr Zeit mit Jonas als mit Anna verbrachte. Obwohl er sie schon länger kannte. Hannes und Jonas lernten sich auf einer Gedenkstättenfahrt nach Buchenwald kennen, ungefähr 20 Leute hatten daran teilgenommen. Buchenwald lag in der Nähe von Weimar, mit dem Bus dauerte es etwa eineinhalb Stunden, dorthin zu kommen. Sie fuhren an einem heißen Tag im Mai morgens hin, abends zurück. Hannes wollte die Gedenkstätte schon lange besichtigen, aber es hatte sich nie ergeben, und nun konnte er keinen seiner Freunde davon überzeugen mitzukommen, und so fuhr er schließlich allein. Es war Zufall, dass Hannes und Jonas im Bus auf der Hinfahrt nebeneinandersaßen, Jonas war auch mitgefahren, ohne jemanden zu kennen. Hannes erinnerte sich, dass sie sich auf der Hinfahrt bereits gut unterhalten hatten. Später wurden sie durch die Gedenkstätte geführt und hatten anschließend Zeit, sich die Ausstellung anzusehen. Dass ein Streit zwischen Jonas, ihm und einem dritten Typen entbrannte, erzählte Hannes – oder vielleicht kein Streit – eine hitzige Diskussion. Ein Bewegungslinker, sagte Hannes abschätzig. Der Typ hatte etwas gesagt wie: Die SED-Diktatur sei genauso schlimm wie der Nationalsozialismus gewesen. Hannes und Jonas waren an die Decke gegangen – es sei auf keinen Fall miteinander zu vergleichen! Die Zwei waren einer Meinung, beendeten gegenseitig ihre Sätze und versuchten, den anderen Typen von ihrer Meinung zu überzeugen.

Zurück in Leipzig diskutierten sie in einer Kneipe weiter, und so hatte die Freundschaft mit Jonas begonnen, erzählte Hannes. Danach verabredeten sie sich mehrmals pro Woche, gingen zusammen in die Mensa oder zu einem Vortrag über den Iran oder Antisemitismus in der Linken. Als die Fußball-WM anfing, besuchten sie weniger Vorträge, dafür mehr Fußballspiele.

Dass Jonas einer von den korrekten Typen war, sagte Hannes. Damit meine er, Jonas verhalte sich korrekt. Er sei kein Sexist, er grabschte Frauen nicht an den Arsch. Auch sprach er nie schlecht über andere. Hannes gab zu, dass er selbst manchmal gern über andere lästerte, Jonas würde aber nie mitmachen. Er war korrekt in seinem Verhalten.

Dass ihre Freundschaft nicht nur eine intellektuelle war. Sie sprachen auch über Frauen. Dass Jonas Hannes von Lisa, seiner Ex-Freundin, erzählte. Wie es ihm nach der Trennung ging, wie er litt. Nur über Anna redeten sie nicht. Das war es, was er mit korrekt meinte. Jonas wusste, dass Hannes gut mit Anna befreundet war, und er würde nie ein schlechtes Wort über Anna vor Hannes verlieren.

Wer wollte schon mit einem Vergewaltiger befreundet sein, sagte Hannes. Natürlich war es für ihn und die anderen Leute das Einfachste zu sagen: Anna lügt. Warum sollte es einfacher sein?, fragte ich. Weil es einfacher war, sich vorzustellen, Anna würde lügen, als sich vorzustellen, Jonas sei ein böser Vergewaltiger. Es war in dieser Gesellschaft schlimmer, ein Vergewaltiger als ein Mörder zu sein. Nur Pädophile waren noch schlimmer.

Deswegen war es leichter zu glauben, Anna lüge. Natürlich war auch diese Vorstellung grausam. Was war das für ein Mensch, der jemanden mutwillig falsch bezichtigte? Trotzdem wäre sie nur eine Lügnerin, kein Vergewaltiger. Hannes deutete mit Zeige- und Mittelfinger die Anführungszeichen an, während er *nur* sagte.

Es klingt, als habe sich Hannes seine Meinung schon gebildet, sagte ich. Nein, schrie er, auf keinen Fall. Dass er nur erklären wollte, wie die Lage war und wie die Leute funktionieren. Klar war es für ihn schwer, sich Jonas als Vergewaltiger vorzustellen, und tatsächlich wusste er nicht, wem er glauben sollte. Wenn er begann, darüber nachzudenken, bekam er eine Art Brain Freeze und konnte nicht weiterdenken. Als ob man versuchte, sich die Unendlichkeit des Universums vorzustellen. Daran scheitert man ja auch.

Michael – Micha, wie er von allen genannt wurde – und Jonas kannten sich seit der 5. Klasse. Sie hatten gemeinsam die Liebig, eine Europaschule im Stadtteil Rödelheim in Frankfurt, besucht. Bis zur 8. Klasse waren sie Banknachbarn gewesen, gingen auch nach der Schule gemeinsam nach Hause, sie hatten fast den gleichen Schulweg, wohnten nur zwei Straßen voneinander entfernt. In der Mittelstufe wurde der Kontakt weniger, erzählte Micha. Dass Jonas damals versuchte, cool zu sein. Er fing an, zu rauchen und mit den coolen Kids abzuhängen. Nur manchmal trafen sie sich noch, um zu kiffen oder Computer zu spielen. In der 10. wäre Jonas dann fast durchgefallen. Das war auch die Zeit, als ihre Freundschaft wieder enger wurde.

Micha glaubte, Jonas' Politisierung habe mit dem 11. September angefangen. Da waren sie beide 16 und gingen zusammen auf Demos gegen den Irakkrieg in Frankfurt und einmal sprühten sie *Fuck Bush und USA* an die Schulmauer. Micha lachte. Noch nie schlug sein Herz so schnell wie an diesem Abend mit der roten Sprühdose in seiner Hand.

Ihr Antiamerikanismus hielt etwa zwei Jahre an, dann entdeckte einer von beiden die Zeitschrift Konkret, eine linke Zeitschrift, die unter anderem von Ulrike Meinhof geprägt wurde. Bis heute streiten sie, wer die Zeitschrift als Erster entdeckt und in der Bahnhofsbuchhandlung aus dem Regal gezogen hatte, Micha schmunzelte. Dass sie sich wie die Rebellen des Jahrgangs, ja der ganzen Schule, fühlten. Sie beide waren die Einzigen, die wussten, was richtig und was falsch war. Sie lasen Artikel in der Konkret über Saddam Hussein oder die

Arbeitsmarktreform, und er erinnerte sich an lebhafte Diskussionen mit dem Powi-Lehrer über Deutschland und den Nationalsozialismus.

Dass er geschockt war, als er hörte, welche Vorwürfe gegen Jonas erhoben wurden. Geschockt und traurig. Dass Jonas immer respektvoll gegenüber anderen war: Lehrern, Klassenkameraden, Freunden und Mädchen natürlich. Jonas war einer dieser Menschen, den jeder mochte und der gut in allem war: nicht nur in Mathe und Sprachen, auch in Sport und Kunst. Alle wussten: Aus dem würde einmal etwas werden. Professor oder Politiker oder so etwas. Ehrlich gesagt, sagte Micha, würden ihm mindestens fünf andere Namen aus seinem Abijahrgang einfallen, denen er so etwas zutrauen würde. Fünf Leute, bei denen es ihn nicht wundern würde. Dass Jonas immer ein lieber Kerl war, dass er intelligent war und nie jemanden gemobbt hat. Nie. Das wäre so untypisch für ihn gewesen.

Micha konnte es nicht glauben. Er versuchte, sich vorzustellen, Jonas habe das getan: ein Mädchen vergewaltigt. Aber er konnte es einfach nicht. Natürlich war Vergewaltigung ein sehr sensibles Thema, sagte Micha, für jeden, vor allem für Frauen. Dass er nicht versuche, Ausreden zu finden, aber er glaube nicht, Jonas sei an diesem Abend des 4. Juli 2014 auf einer Party gewesen, um jemanden zu vergewaltigen. Micha glaubte, Jonas war auf einer Party, um zu feiern und zu trinken, wie die anderen Gäste auch und wie die meisten Leute in diesem Alter, Ende 20. Und klar, er hatte wohl mit diesem Mädchen geflirtet. Dafür gab es schließlich Zeugen. Er habe gehört, dieses Mädchen habe so viel getrunken, dass sie nicht mehr stehen konnte. Jonas hatte wohl auch ein bisschen zu viel getrunken und hatte sich nicht mehr vollständig unter Kontrolle. Und man musste kein Wissenschaftler sein, um zu wissen, dass Alkohol Gefühle verstärkt. Dass man manchmal betrunken Dinge tut, die man später bereut. Alles war ganz bestimmt ein großes Missverständnis, sagte Micha.

Dass Jonas kein Monster ist. Alles andere als das. Micha kannte niemanden so lang wie Jonas. Es wäre unfair, wenn die nächsten zehn Jahre von Jonas' Leben zerstört sein sollten, weil ein Mädchen zu viel getrunken und sich entschlossen hat, Jonas so etwas Unglaubliches vorzuwerfen. Dass er ihr nicht direkt die Schuld dafür gibt – das wäre falsch. Doch wo zog man die Grenze? Wann hörte man endlich auf, darüber nachzudenken, ob man in jeder Sekunde politisch korrekt war? Micha wurde lauter, er redete sich in Rage. Wann sehen wir endlich ein, dass Vergewaltigungen nicht passieren, weil Leute Vergewaltiger sind? Dass die Partykultur schuld ist. Die Gesellschaft. Alkohol ist so eine normale Droge, dass sich keiner daran stört und keiner den Konsum hinterfragt. Dass er es satthat. Immer zu hören, die Männer von heute müssten sich ändern, die Männer seien an allem schuld. Dass der Umgang mit Alkohol das Problem ist, sagte Micha. Und später wundern sich alle, wenn so etwas passiert. Dass es ein Unterschied ist, wenn eine Frau nachts allein nach Hause geht und überfallen und vergewaltigt wird. Das ist eine Vergewaltigung. Jonas ist kein Vergewaltiger. Dass er zu viel getrunken hatte. Dass sein Urteilsvermögen deswegen getrübt war. Natürlich gab es junge Männer, die so eine Situation ausnutzen würden. Aber er wusste, dass Jonas keiner dieser Männer ist. Dass er respektvoll und liebevoll und talentiert ist und schlau genug, um es besser zu wissen.

Micha zeigte zwei Fotos von Jonas: Micha und Jonas Arm in Arm vor einem Nilpferd im Zoo, zwei Jungs kurz vor der Pubertät, man sah ihnen an, dass sie es im Leben nie schwer hatten. Auf dem zweiten war Jonas allein, auf einer Couch. Darauf lagen allerhand Dinge verteilt: Tabak, ein Pizzakarton, eine angebrochene Packung Paprikachips, ein Laptop. Jonas grinste breit. Seine Haare gingen ihm bis zu den Schultern, waren fettig und ungepflegt, er trug ein System-of-a-Down-T-Shirt. Micha lachte und erzählte, dass Jonas auf dem Foto ungefähr 16 Jahre alt war und dass es in ihrer Kifferphase aufgenommen worden war – was schwer zu übersehen war – und dieses breite Lachen typisch für Jonas ist.

Die Eltern von Jonas wohnen in einer Doppelhaushälfte in Frankfurt-Rödelheim: nachdem Jonas ausgezogen war, hatten sie das Haus renoviert. Erst letztes Jahr hatten sie den Wintergarten anbauen lassen, erzählte seine Mutter Elvira.

Dass sie Feministin ist. Es war das Erste, was sie sagte. Sie war Lehrerin für Deutsch und Englisch an einem Gymnasium, Jonas' Vater Rainer war Gynäkologe, auch er Feminist. Sie waren nicht direkt 68er, dafür waren sie ein bisschen zu jung, aber sie haben die Nachwehen dieser Bewegung erlebt. Früher ging sie für die Kampagne Lohn für Hausarbeit auf die Straße, heute schreibt sie Artikel für das Magazin des Deutschen Frauenrates. Ihr Mann setzt sich beispielsweise für Abtreibung ein und war in den 90ern einer der wenigen Frauenärzte in Frankfurt, die eine Abtreibung durchgeführt haben.

Diese Person ist krank. Elvira meinte damit Anna. Dass diese psychisch gestört sein muss, wenn sie ihrem Sohn so etwas vorwirft. Elvira war aus allen Wolken gefallen, als ihr Sohn erzählt hatte, was passiert war. Er, angezeigt. Natürlich glaubte sie ihm. Ihr Sohn lügt sie nicht an. Sie hatten ein gutes Verhältnis, ein freundschaftliches, mindestens einmal in der Woche telefonierten sie, und wenigstens alle zwei Monate kam er zu Besuch, oder sie fuhr nach Leipzig.

Dass sie Jonas feministisch erzogen haben. Dass er Frauen achtet und respektiert. Sie hielten zwar nichts von antiautoritärer Erziehung, aber sie haben Jonas zu einem Freigeist erzogen, der sich seine eigene Meinung über die Welt bilden sollte. Jetzt ging er seinen eigenen Weg. Er war kein Vergewaltiger.

Dass Jonas Frauen respektiert, zeigt sich an seinen Beziehungen, erläuterte Elvira. Er war ein treuer Typ. Mit Lisa war er sieben und mit seiner ersten Freundin Julia etwa zwei Jahre zusammen – eine lange

Zeit, wenn man so jung ist. Er war kein Frauenheld. Er war romantisch, und wenn er sich in eine Frau verliebte, dann machte er alles für sie. Für Julia zog er sogar nach Leipzig, weil er dachte, sie würde auch dorthin ziehen, aber schlussendlich landete sie in Berlin. Aber das war wahrscheinlich das Beste. Julia hatte mit Jonas gespielt und ihm das Herz gebrochen. Und dann wieder das Gleiche mit Lisa: Es waren die Frauen, die Jonas' Gefühle nicht respektierten und ihn ausnutzten.

Dass Jonas nie gewalttätig war, nein, sogar im Gegenteil. Einmal, in der fünften Klasse, kam Jonas nach der Schule heulend nach Hause, zwei Schulkameraden hatten ihn geschlagen. Elvira fragte, warum er sich nicht gewehrt hat. Da antwortete er: Man darf andere nicht schlagen. Elvira lachte, sie sagte daraufhin, dass diese Regel im Verteidigungsfall außer Kraft gesetzt ist.

Elvira hoffte, dass dieser Albtraum bald ein Ende hätte und dass es nicht zum Prozess käme.

Jonas war einer von den Guten, sagte Jonas' Ex-Freundin Lisa. Einer von den guten Kerlen. Von denen gab es nicht so viele. Lisa kannte entweder Typen, die keine Beziehung haben und ungebunden sein wollten, aber in Wahrheit beziehungsunfähig und gestört waren. Oder Typen, die klammerten. Die dachten, weil man sich einmal auf einer Party geküsst hat, wäre man sofort ein Paar. Es gab wenige Typen wie Jonas, die die Waage halten konnten: die treu waren und gleichzeitig nicht einengend. Lieb, aber nicht anhänglich. Sie dachte immer, wie viel Glück sie mit Jonas gehabt hatte. Dass sie so einen bekommen hatte. Von einem wie ihm hatte sie in ihrer Jugend geträumt. In dem Dorf, wo sie aufgewachsen war, gab es nur Bauern und Dorftrottel, erzählte sie abschätzig, und sie wollte mit keinem von diesen Typen etwas zu tun haben. Trotzdem knutschte oder fummelte sie in Dorfdiskos manchmal mit einem von ihnen, besser als nichts. Sie wollte immer einen Freund haben, mit dem sie über Bücher reden konnte, der die gleichen Filme wie sie mochte und mit dem sie zusammen auf Konzerte ihrer Lieblingsbands gehen konnte. Jonas erfüllte ihr all diese Wünsche.

Sie lernten sich in Kiew beim Erasmus kennen. Dass Jonas schüchtern war und dass er sie wahrscheinlich nie angemacht hätte. Als sie abends von einer Studentenkneipe zusammen nach Hause gingen, fragte sie ihn, ob sie ihn küssen dürfe. Er sagte: Ja. Sie war schon immer direkt gewesen, erklärte Lisa. Kurze Zeit später kehrten sie nach Leipzig zurück. Dass sie später erfuhr, Jonas hätte nach diesem Kuss bereits gedacht, sie seien ein Paar. Lisa musste lächeln. Sie hatte das nicht so gesehen. Zurück in Leipzig intensivierte sich ihre Beziehung. Sie trafen sich fast jeden Tag, gingen ins Kino oder im Wildpark spazieren. Sie hatten nie das Beziehungsstatusgespräch geführt, nach dem Motto: Wir sind jetzt offiziell zusammen. Aber dass Jonas dachte, sie wären nach dem ersten Kuss bereits ein Paar, war schon lustig. Jahre später hatte er ihr das gebeichtet. Dass er das gedacht hatte, zeigt, dass er eine treue Seele war.

Es gab nie eine Zeit, in der ihre Beziehung schlecht gelaufen wäre. Zum Schluss natürlich. Auch wenn Jonas das nicht hatte sehen wollen. Die ersten drei Jahre waren pure Verliebtheit gewesen. Lisa hätte niemals gedacht, dass sie so lange Kribbeln im Bauch für jemanden empfinden könnte. Bei ihren früheren Beziehungen war das Verliebtsein spätestens nach acht Monaten verschwunden. Klar gab es auch mal Krisen. Einmal war Lisa fremdgegangen, an einem Feierwochenende in Berlin. Eigentlich wollte sie es nicht erzählen, aber das Kondom war gerissen, und so musste sie es wohl oder übel beichten. Aber Jonas hatte ihr verziehen. Das rechnete sie ihm hoch an. Sie dachte immer, sie würden irgendwann versehentlich ein Kind zeugen.

Und die Phasen ihrer Abschlussarbeiten. Zuerst seine, dann ihre. Ihr ging es wirklich nicht gut während dieser Zeit. Im Nachhinein wusste sie, dass sie sich zu sehr stresste. Einen zu hohen Anspruch an sich selbst hatte und zu perfektionistisch war. Eine Masterarbeit war keine Doktorarbeit. Dass Lisa fast ein Jahr an ihrer Abschlussarbeit mit dem Thema *Nachhaltige Landwirtschaft in Tansania. Eine ethnologische Forschung im Kontext des deutschen Kolonialismus* arbeitete. Schon die Feldforschung in Tansania dauerte viel länger als geplant. Am Ende hatte sie viel zu viel Material und war überfordert. Auch die Zeit, in der sie in Tansania war, war schwierig. Noch nie in ihrer Beziehung waren sie so lang getrennt gewesen. Drei Monate. Ursprünglich wollte er sie dort besuchen kommen, aber dann lief ihnen die Zeit davon, und Jonas war pleite, konnte sich den Flug nicht leisten. Das sagte er zumindest. Schließlich könnte man Prioritäten setzen, sagte Lisa. Sie wirkte immer noch verletzt. Das war der Anfang vom Ende gewesen. Und das war zwei Jahre, bevor sie sich getrennt hatten!

Sie habe die letzten Monate viel Zeit damit verbracht, darüber nachzudenken, wie es zur Trennung kommen konnte, sagte sie. Natürlich – sie hatte Schluss gemacht. Aber es fiel ihr nicht leicht. Irgendwann ging es einfach nicht mehr, es gab kein Zurück zu alten Zeiten. Sie stritten sich nur noch, sie konnten kein normales Wort mehr miteinander reden. Sobald sie sich in einem Raum aufhielten, war Lisa gleich auf 180.

Wieder und wieder hatte sie alle Situationen analysiert: Wie sie sich böse Worte an den Kopf warfen, wie sie sich anschwiegen, während sie am Tisch saßen und Gemüselasagne aßen. Monatelang vor der Trennung hatte sie von diesen Situationen geträumt, eine Endlosschleife Tag und Nacht.

Einer der Gründe, warum sie sich getrennt hatten, war Jonas' Mangel an Empathie gewesen. Oder vielleicht war es der falsche Begriff, sie stockte, schwieg. Vielleicht war es auch seine männliche Sozialisation. Dass es immer nur um ihn ging, um seine Bedürfnisse. All das fiel ihr erst später auf, als sie sich schon getrennt hatten. Sie verwendeten in der Beziehung viel Zeit darauf, über seine Gefühle und Wünsche und Sorgen zu sprechen. Sie konnte gut zuhören. Sie half Jonas, damit er sich wieder gut fühlte, baute ihn wieder auf, nahm ihn in den Arm, wenn er traurig war, weil sein Vater ihm nicht persönlich zum Geburtstag gratuliert hatte. Kochte ihm etwas zu essen, wenn er drei Tage auf einer Tagung gewesen war. Das klang jetzt, als hätten sie so eine unemanzipierte Beziehung geführt: Die Frau kocht, der Mann geht arbeiten. So war es natürlich nicht. Aber es waren so kleine Sachen, die ja vielleicht doch etwas mit Emanzipation zu tun hatten.

Was sie genau mit Empathie meine? Lisa seufzte und sagte, ein Grund für ihre Trennung war, dass Jonas nicht damit umgehen konnte, wenn es Lisa schlecht ging, wenn sie traurig oder gestresst war. Sie wollte natürlich keine Beziehung führen, in der das eigene psychische Wohl vom anderen abhängt, aber nach dem nächtlichen Wälzen dieser Situationen, die sich häuften, begriff sie: Jonas mochte sie nur, wenn es ihr gut ging. Wenn sie fröhlich und mit sich selbst zufrieden war und genau das auch ausstrahlte. Wenn sie gestresst war wie in der Zeit der Abschlussarbeit oder sich dick fühlte und hässlich, wandte er sich von ihr ab, genau dann, wenn sie ihn am meisten gebraucht hätte. Nein, sie sagte es ihm nicht. Sie wusste nicht, wie sie es formulieren sollte.

Und die Abhängigkeit, sagte Lisa. Nach so vielen Jahren passiert das wahrscheinlich zwangsläufig, eine Symbiose. Sie wussten alles voneinander, kannten alle alten und neuen Freunde, alle Geschichten und Anekdoten hatten sie schon hundertmal gehört. Dass Abhängigkeit nicht immer etwas Negatives sein musste, aber bei ihnen war es das. Als sie sich trennten, wusste sie gar nicht, wie sie ein Leben ohne Jonas führen sollte. Wen sie fragen sollte, wenn sie ihr Bett aufbauen musste. Mit wem sie ins Kino gehen sollte. Und sie hörte auf zu kochen. Für eine Person allein kochen macht keinen Spaß. Und das

Traurige war, dass sie ihn eben nur vermisste, weil sie an ihn gewöhnt, nicht weil sie noch verliebt war. Nie wieder will sie sich von einer anderen Person abhängig machen.

Dass er nie gewalttätig wurde! Nach diesem Satz schwieg Lisa. Doch dann sprach sie weiter. Dass einmal etwas passiert war. Jetzt erinnerte sie sich wieder. Sie hatte jahrelang nicht daran gedacht. Dass sie im Urlaub waren, auf Sardinien. Der Urlaub neigte sich dem Ende zu, eigentlich war er schön gewesen, gutes Essen, viel schlafen und faulenzen. Doch dann stritten sie sich. Wahrscheinlich über etwas Banales: Wie Lisa die Paprika am besten schneiden sollte. Jonas war ein Küchennazi, alles musste immer so laufen, wie er es wollte. Vielleicht widersprach sie ihm und sagte, dass sie auch wisse, wie man Gemüse schneide. Jonas war schnell wütend geworden. Er warf ein Geschirrtuch nach ihr. Es traf sie auf die Brust. Natürlich tat es nicht weh. Dass es überraschend kam. Während er etwas Wütendes schrie, warf er es nach ihr. Danach tat es ihm sofort leid. Natürlich war ein Geschirrtuch keine Pfanne oder ein Topf. Aber es war die gleiche Geste.

Heute würde sie gehen. Vielleicht weil sie damals jünger war, ist sie dageblieben. War wie eingefroren und machte das, was sie immer in diesen Situationen tat. Ging aufs Klo. Der einzige Ort in diesem Moment, an dem sie allein sein konnte. Durchatmen. Die Tränen hinunterschlucken. Die Ferienwohnung war schrecklich klein, es gab nur einen Raum mit Bett und Küche und eben das Badezimmer. Sie hätte gehen können, eine Runde durch das Dorf drehen, kurz ans Meer. Das war eins der Dinge, die sie in dieser Beziehung gelernt hat: gehen, wenn es scheiße ist.

Sie haben sich dann wieder vertragen, und Jonas hat sich hundertmal entschuldigt. Bald vergaß sie es.

Dass Jonas so etwas nicht tun würde. Jemanden vergewaltigen. Niemals. Sie war sieben Jahre mit ihm zusammen, sie kannte keinen Menschen so gut wie ihn. Nach den Gesprächen mit Jonas' Mutter und

Micha hatte ich mit dieser Reaktion von Lisa gerechnet. Was dann kam, habe ich nicht erwartet.

Dass Lisa sich nicht anmaßen wollte, ein Urteil zu fällen. Das stand nur einem Richter zu, und nur Jonas und diese Frau wussten, was in dieser Nacht passiert war. Jonas war kein Lügner. Nie in all den Jahren hatte er sie angelogen. Nicht, dass sie wüsste. Sie hatten keine Geheimnisse voreinander gehabt. Ihre Beziehung basierte auf Vertrauen. Aber ja, natürlich fragte sie sich, wie auch alle anderen Leute, warum diese Frau so etwas behaupten sollte. Warum machte jemand so etwas? War sie kriminell veranlagt? Welche Vorteile erhoffte sie sich dadurch? Oder musste man ihr glauben? Eigentlich tendierte Lisa dazu, dieser Frau zu glauben. Würde eine Freundin von ihr so etwas erzählen, würde sie bedingungslos zu ihr stehen. Sie kann sich einfach nicht vorstellen, jemand würde sich so etwas ausdenken. Aber das Resultat kann sie sich auch nicht vorstellen: der Mann, den sie sieben Jahre lang geliebt hatte: ein Lügner und Vergewaltiger. Lisa schüttelte den Kopf, sie wirkte traurig. Sie wolle sich kein Urteil anmaßen. Es war falsch, was gerade passierte: Dass alle dächten, sie hätten das Recht, sich auf eine Seite zu schlagen und zu urteilen, was wahr und was falsch ist. Das müsste ein Gericht beurteilen, wiederholte Lisa.

Professor Melián war ein sportlicher Mann in seinen 40ern, man hätte ihn auch in Berlin-Mitte oder Kreuzberg finden können, wo er als Werbetexter oder in einem Plattenlabel arbeiten könnte. Er versteckte seine Genervtheit nicht, versperrte sein Zimmer mit seinem langen Körper, indem er im Türrahmen stand. Dass er nur über Herrn Schimmels Arbeit spricht. Zu anderen Fragen wird er sich nicht äußern. Ich sagte herausfordernd, dass mich genau das interessiert, seine Arbeit und das Arbeitsverhältnis und ob es überhaupt noch besteht. Dazu kann er sich nicht äußern. Zu schade. Herr Schimmel war immer ein exzellenter Mitarbeiter dieser Universität, sagte Professor

Melián. Engagiert und exzellent, wie gesagt. Mehr sagte er nicht, er muss weiterarbeiten, seine Sprechstunde beginnt gleich.

Anna atmete lang aus und sagte, sie wünschte, es gäbe ein stärkeres Wort als Enttäuschung. Dass sie Jonas zwar von Anfang an ambivalent gegenüberstand, aber dass sie ihn mochte. Vor dem 4. Juli hatte sie ihn geschätzt. Als Menschen. Ihn respektiert. Sie konnte nicht die eine Sache benennen, die am schlimmsten für sie war. Aber es gab doch zwei Dinge. Dass der Täter Jonas war. Natürlich wünschte sie sich keinen anderen Täter. Natürlich müsste ein Täter nicht von Grund auf böse oder gestört sein. Aber niemals hätte sie gedacht, er wäre zu so etwas fähig. Jonas, der schlaue Jonas, mit dem sie so gut diskutieren und sich stundenlang unterhalten konnte. Jonas, der liebe Junge von nebenan, dem niemand das zutraute. Niemals hätte sie gedacht, er würde sich über ihre Selbstbestimmung, ihren Körper hinwegsetzen und sich nehmen, was er wollte. Denn nichts anderes war es gewesen: Er nahm sich, was er wollte. Was sie wollte, spielte keine Rolle. In seiner Handlung gab es keinen Respekt und keine Achtung. Jetzt bedeckte die Wut fast alle anderen Gefühle von Anna, aber die Enttäuschung saß direkt darunter und war gepaart mit Traurigkeit und wieder einer Schuld, die sie bei sich selbst suchte: Wie hatte sie nur glauben können, er würde so etwas nicht machen? Wie hatte sie ihm überhaupt vertrauen können und wie könnte sie jetzt jemals wieder jemandem vertrauen?

K

Anna fände es schrecklich, was er jetzt sagt. Hannes lachte leise. Dass sie wie eine kleine Schwester für ihn war. Vielleicht lag es daran, dass sie drei Jahre zusammengewohnt haben und so viel voneinander wissen. Er kannte Annas Schlafverhalten; er wusste, wie sie ihren Kaffee gern trank (mit viel Milch, ohne Zucker); er wusste, wann er sie morgens nicht ansprechen durfte, weil sie noch keinen Kaffee getrunken hatte; er wusste, wann ihre schlechte Laune daran lag, dass sie Hunger hatte und keiner der beiden es geschafft hatte, einkaufen zu gehen. Er traf sie nachts besoffen in der Küche an, wenn sie vier Käsebrote aß; er brachte ihr Tee und ging für sie zur Apotheke, wenn sie krank war; er sagte ihrer Mutter am Telefon, sie sei nicht da, während Anna neben ihm den Kopf schüttelte. Dass sie alles auf den letzten Drücker erledigte und wenn sie sagte, sie müsse abends um zehn an einer Hausarbeit schreiben, dann saß sie in Wirklichkeit vor ihrem Rechner und guckte mehrere Folgen *Adventure Time* hintereinander. Dass sie es nicht böse meinte, wenn sie im Hochsommer vergaß, die Milch in den Kühlschrank zu stellen, und diese schlecht wurde. Dass sie tagelang darüber nachdachte, wenn man sie kritisierte. Einmal sagte er, sie sei deutscher als er, und noch Jahre später nahm sie es ihm übel und suchte dafür Beispiele, warum es nicht stimmte: ihre Unpünktlichkeit, ihr Hang zum Chaos, dass sie den Müll nicht trennte, dass sie lieber Rind- als Schweinefleisch aß und überhaupt die Einzige im Freundeskreis war, die keine Vegetarierin oder Veganerin war – denn Tierschützer waren das deutscheste überhaupt –, Hitler war auch Vegetarier.

Anna kannte seine intellektuelle Gedankenwelt so gut wie niemand sonst, sie hatte jede Hausarbeit von ihm Korrektur gelesen und verbessert. Er nannte ihren strengen Blick die Stern-Brille, also die Anna-Stern-Brille, die er sich inzwischen selbst aufsetzen konnte, wenn er seine Texte überarbeitete.

Sie hatte ihn getröstet, als er Liebeskummer hatte, hatte ihn gezwungen, die Wohnung zu verlassen, obwohl er am liebsten den ganzen Tag im Bett liegen geblieben wäre und *Star Trek* geguckt hätte. Er kannte die Typen, die sie mit nach Hause brachte, hatte sie schon hundertmal beim Sex gehört, danach ging sie immer aufs Klo, damit sie keine Blasenentzündung bekam. Romantisch nebeneinander im Bett liegen und kuscheln nach dem Sex gab es bei Anna nicht.

Er hatte sie zu ihrer ersten Demo mitgenommen und gesehen, wie sie die Panik ergriff, als die Bullen auf die Demonstranten zuliefen, sie lief mit den aufgescheuchten Hühnern mit. Er hatte ihre Verwandlung im Laufe der Jahre beobachtet: Irgendwann schloss sie sich der Meute nicht mehr an, ignorierte ihre Angst und blieb breitbeinig vor den Polizisten stehen.

Hannes beschrieb seine Freundschaft zu Anna wie eine Bruder-Schwester-Beziehung. Ob er sie wie ein großer Bruder beschützen will? Nein, das meint er damit nicht, sagte Hannes mit einem Anflug von Ärger in der Stimme. Die Geschwister-Analogie hat er nur bemüht, um zu verdeutlichen, dass es eine intensive und besondere Freundschaft war. Auch eine Freundschaft, die nicht einfach so zu Ende ging. Geschwister wird man schließlich nicht los.

Wie sich ihre Freundschaft in den letzten Jahren entwickelt hat? Hannes erzählte, dass sie im September 2012 aus der Wohnung am Körnerplatz ausziehen mussten, weil sie renoviert und die Miete teurer wurde. Für Anna war es nicht so schlimm wie für ihn – hatte er damals zumindest gedacht. Sie ging nach dem Auszug zum Erasmus nach Petersburg, und danach absolvierte sie ein Praktikum beim

Goethe-Institut in Barcelona. In Leipzig hielt sie in diesem Jahr nichts.

Sie waren beide nicht gut darin, Kontakt zu halten. Manchmal chatteten sie in diesem Jahr kurz bei Facebook, aber das war's. Silvester feierten sie zusammen in Leipzig und bewunderten das Feuerwerk auf dem Dach von Hannes' neuer Wohnung. Einmal besuchte er sie in Petersburg, er erinnerte sich an die gigantischen Straßen und Brücken der Stadt, Leipzig kam ihm im Vergleich dazu wie eine Spielzeugstadt vor. Die anderen Dinge bei diesem Besuch, an die er sich erinnerte, waren die Eremitage, die ebenfalls riesig war, und die Kneipe unter Annas Wohnung, wo sie jeden Abend mit einem schwulen russischen Pärchen, das Anna kennengelernt hatte, bis in die Morgenstunden Wodka tranken.

Er fand es nicht schlimm, dass ihr Kontakt in jenem Jahr nicht so eng gewesen war, denn immer, wenn sie sich wiedersahen, war die Vertrautheit zwischen ihnen sofort wieder da, und es war so, als hätten sie sich gestern erst gesehen.

Dass er sich hasste. Dass er sich dafür hasste, die beiden einander vorgestellt zu haben. Dass alles mit ihm anfing. Wäre er nicht gewesen, würden wir nicht hier sitzen und darüber sprechen, was am 4. Juli passiert ist.

Und schließlich war er es, der Jonas geholfen hatte, Anna in die Wohnung zu bringen, auf dieser scheiß Geburtstagsparty. Anna hätte bei ihm übernachten sollen. Aber er wohnte in Schleußig, es wäre zu weit gewesen, hatte er damals gedacht. Jonas' Zimmer hatte sich angeboten, und die beiden kannten sich inzwischen besser. Er hatte sich nichts dabei gedacht. Er hätte Anna nicht allein lassen dürfen. Er war kein echter Freund.

Und auch die Tage danach! Er hatte ihr das Handy gebracht und gesehen, wie mies es ihr ging, aber es ignoriert, sie im Stich gelassen. Er hätte dableiben und nachbohren müssen. Aber ja, in dieser Zeit hatten sie wenig Kontakt gehabt, so wenig wie vielleicht noch nie in ihrer Freundschaft. Es gab keinen bestimmten Grund, es hatte sich einfach so entwickelt und wie gesagt, beide waren nicht so gut darin, Kontakt zu halten, und so trafen sie sich zwar tagsüber ab und zu in der Bibliothek, gingen zusammen in die Mensa. Aber das war etwas anderes, als auch abends miteinander Zeit zu verbringen. Meistens sahen sie sich abends nur in Gruppen, nicht mehr zu zweit wie früher. Jetzt hatten sie gar keinen Kontakt mehr.

Von den vielen Dingen, die er an der ganzen Geschichte nicht verstand, beschäftigte ihn eines besonders: Warum hatte sie die Anzeige nicht früher gestellt? Warum war sie nicht in der Woche nach dem 4. Juli oder am besten am Tag danach zur Polizei gegangen? Er hatte sich in das Thema eingelesen, die Polizei hätte Beweise sichern können: die Unterhose, sie hätte eine rechtsmedizinische und gynäkologische Untersuchung durchführen, Annas Körper auf Spuren von Sperma und Gewalt untersuchen können. Dann wäre alles einfacher gewesen. Warum hatte Anna so lange gewartet? Fast zwei Monate?

Klar, er hatte gesagt, er könne sich nicht vorstellen, dass Jonas ein Vergewaltiger war, aber er wusste auch, dass Anna nicht lügen konnte. Selbst wenn sie es versuchte, konnte sie nichts für sich behalten. Das hatte Vor- und Nachteile. Zum Beispiel war es keine gute Idee, Anna ein Geheimnis anzuvertrauen. Einmal hatte er ihr erzählt, dass er ein Buch aus der Albertina geklaut hatte und, ob man es glaubt oder nicht: Am nächsten Tag ging Anna zum Infoschalter der Bibliothek und sagte, dieses Buch sei nicht im Bestand auffindbar, es müsse gestohlen worden sein. Immerhin verriet sie nicht seinen Namen, aber sie konnte nichts für sich behalten.

Er mochte an ihr, dass sie den Leuten ins Gesicht sagte, was sie dachte, sie spielte nie Freundlichkeit vor. Sie sagte ihm zum Beispiel ehrlich, wenn er eine Frau schlecht behandelte: wenn er zu feige war, eine Affäre zu beenden und sie einfach auslaufen lassen wollte, ohne sich wieder zu melden. Dann sagte Anna zu ihm, er müsse Schluss machen, sich nicht zu melden, sei keine Option. Das schätzt er an ihr. Sie war sein gutes Gewissen. Er hatte es nie erlebt, dass Anna log. Warum sollte sie jetzt lügen? Und welcher Aufwand das war: die Chuzpe zu haben, zur Polizei zu gehen und sich so eine Geschichte auszudenken. Diese Geschichte wieder vor Gericht wiederholen zu müssen. Wer ging ein solches Risiko ein? Anna? – Nein. Das passte nicht zu ihr. Das war nicht Anna.

Dass sie ihr natürlich glaubte. Nie zuvor hatte Daria sie so gesehen. So aufgelöst, die große Schwester. Man sah Anna und Daria an, dass sie verwandt waren, ihre Gesichtszüge ähnelten sich, aber man konnte leicht denken, Daria sei die ältere, weil sie größer und ihr Gesicht kantiger war.

Wenn sie diesen Typen treffen würde, Daria fing mit dem Nebensatz an, vor dem Hauptsatz brach sie ab. Dass sie Rachefantasien hatte. Es sei nicht in Ordnung, dass der Typ ungestraft davonkomme. Ich wandte ein, es ist noch nicht entschieden, ob es zu einem Gerichtsprozess kommen wird, und natürlich besteht die Möglichkeit, dass Jonas verurteilt wird. Daria schüttelte den Kopf. Als ob! Sie hat sich erkundigt: Die wenigsten Täter wurden verurteilt, in den meisten Fällen gab es zu wenig Beweise und fast keine Zeugen. Sie, Daria, war eine Schlüsselzeugin. Sie hatte nicht das Gefühl, dass die Polizei ihr 100-prozentig glaubte. Also muss man die Sache selbst in die Hand nehmen. Ob Daria von Selbstjustiz spricht?, fragte ich sie. Ach, sie winkte ab. Nein, aber ein wenig schade ist es, dass Selbstjustiz in Deutschland verboten ist. Dass sie diesen Jonas gern psychisch zermürben würde. Sie wünschte, dass er nachts nicht schlafen kann, wie Anna, dass er sich nicht mehr auf die Straße traut, weil er Angst hat vor der Reaktion der Leute. So ein Schwein, so eine kranke Sau! Als Darias Wutanfall abgeebbt war, fragte ich, ob sie sich an Situationen erinnert, in denen

Anna gelogen hat. Sie überlegte und antwortete, dass Anna natürlich in ihrem Leben gelogen hat. Wie jeder andere Mensch auch. Vor allem als Kind und Jugendliche, normal. Zum Beispiel sagte sie den Eltern nie die volle Wahrheit, hauptsächlich ihrer Mutter nicht, ihr Vater war ja selten da. Diese Teenagerlügen: sagen, man übernachtet bei einer Freundin, aber in Wirklichkeit geht man auf eine Party. Oder behaupten, man habe nicht geraucht, nur die anderen und deswegen stänken die Klamotten nach Rauch. Anna fing mit 13 an zu rauchen. Sie traf sich mit den Coolen auf der Bracke, erinnerte sich Daria. Dass ihre Mutter sich Sorgen gemacht, versucht hatte, die Tochter davon zu überzeugen, sich andere Freunde zu suchen, diese seien kein guter Einfluss. Aber das führte nur zum Streit zwischen Mutter und Tochter. Anna ging weiter zum Brackeplatz, wo sie kifften und Alkohol tranken und manchmal die Schule schwänzten.

Dass sie es nicht leicht hatten. Sie waren die Russen. Keinen interessierte, dass sie aus der Ukraine kamen. Sie waren die aus der Platte. Nicht nur, dass sie aus einem anderen Land kamen und die Eltern nicht gut Deutsch sprachen – nein, sie wohnten auch noch in einem dieser Plattenbauten in Grünau. Als Daria in der Grundschule war und Anna gerade aufs Gymnasium wechselte, zogen sie um. Endlich wohnten sie in einer Vier-Zimmer-Wohnung und beide Töchter bekamen ihr eigenes Zimmer, wenigstens das. Zum Glück war das kurz vor der Pubertät, sonst hätten sie sich bestimmt gegenseitig die Haare ausgerissen. Aber die Wohnung lag immer noch in einer Platte, zwei Straßen weiter.

Dass Anna immer gut in der Schule war. Trotz der kurzen Rebellionsphase mit Rauchen und Schwänzen. Vielleicht musste sie etwas kompensieren. Die Migrantin musste zeigen, dass sie nicht dumm war, sondern dass sie die Beste sein konnte. Bei Daria habe es ähnlich funktioniert. Wenn sie nicht ihrer großen Schwester nachgeeifert hätte, würde sie heute wahrscheinlich nicht Medizin studieren.

Das erste Mal hatte Anna mit Klaus, einem von der Bracke. Die Schwestern unterhielten sich viel über Jungs. Daria lernte von Anna alles, was sie über Sex wissen musste, und profitierte von Annas Erfahrungen. Zum Beispiel, welche Stellungen gut waren. Daria brach im Satz ab. Na ja, das sei wohl nicht so wichtig. Ich nickte und fragte, ob dieser Klaus auch Annas erster Freund war. Daria schüttelte den Kopf. Dass die Beziehung zu Klaus nicht lang hielt. Anna hatte mehrere Freunde als Teenagerin, mit 14 Klaus, mit 15 Mario und mit 16 kam sie mit Tarek zusammen. Das war Annas erste große Liebe. Dass er in Annas Abijahr dann Schluss machte. Anna habe nur noch geheult, schrecklich sei das gewesen.

Dass Anna in ihren Zwanzigern erst mal keinen Freund mehr hatte. Woran das lag, wusste Daria nicht. Anna sah sehr gut aus, viele Typen fanden sie heiß.

Manchmal, wenn Anna wieder eine ihrer traurigen Phasen hatte, sagte sie: Ich bin ein Kind von Tschernobyl, das sind die Langzeitwirkungen. Dass sie im Jahr der Reaktorkatastrophe geboren wurde.

Dass sie viel WG-Erfahrung hatte, erzählte Verena. In Potsdam hatte sie in zwei verschiedenen WGs gewohnt, in einer Dreier- und einer Vierer-WG. Sie kannte die üblichen Probleme. Dass es immer einen gab, der nicht genug abspülte oder eine, die die Butter nicht zurück in den Kühlschrank stellte. Sie kannte das nervöse Abwarten, wenn man im Zimmer saß, auf den Zehenspitzen lauerte und wartete, bis der unliebsame Mitbewohner die Küche verlassen hatte.

In einer Zweier-WG wohnte sie das erste Mal. Eigentlich wollte sie lieber allein wohnen, aber schlussendlich war es ihr zu teuer, es war besser, die Kosten für Internet, Strom, GEZ, Kühlschrank und Waschmaschine zu teilen. Es war auch praktisch, einen Mitbewohner zu haben, jemanden, der Tee kochte, wenn man krank war, oder dem auffallen würde, wenn man drei Tage nicht nach Hause kam. Verena und Anna zogen im April 2014 zusammen. Der Kontakt kam über einen gemeinsamen Freund zustande, Anna war die einzige Person, die sich für die Wohnung interessierte, Verena hatte im Bekanntenkreis herumgefragt, weil sie keine Lust auf ein WG-Casting hatte.

Zu zweit wohnen war eine besondere Konstellation; es gab zwar keinen zwischenmenschlichen Puffer, wenn es Konflikte gab, dafür weniger Unordnung. Ein bisschen war es wie allein wohnen. Dass Anna oft unterwegs war, in der Bibliothek oder im Lindental. Jedenfalls vermutete das Verena, eigentlich wusste sie nicht, wo Anna sich tagsüber herumtrieb. Verena mochte die Ruhe der Zweier-WG, lernte zu Hause für die Uni, niemand machte tagsüber unnötigen Lärm wie in ihren alten WGs. Verena gefiel es. Anfangs. Sie erinnerte sich nicht mehr, wann es sich änderte. Wahrscheinlich im Juli, rückblickend. Anna veränderte sich und mit ihr das Zusammenleben. Die ersten beiden Monate verbrachten sie oft zusammen auf dem Balkon, rauchten Zigaretten, unterhielten sich über das Studium oder Jungs. Anna kochte manchmal und Verena aß mit. Wenn Anna spätnachmittags zwischen Bibliothek und Barschicht nach Hause kam, tauschten sie sich über den Tag aus. Es war leicht, mit Anna ins Gespräch zu kommen. Beide waren gut im Smalltalk, und dieser ging schnell in ernste Themen über, die Familienverhältnisse, Zukunftsängste.

Dass es sich änderte. Dass Anna sich änderte. Sie kam nicht mehr aus ihrem Zimmer. Ende des Sommersemesters 2014 war Verena sehr gestresst, sie schrieb mehrere Klausuren in Mathe und Deutsch, traf sich mit Kommilitonen zum Lernen, verbrachte zu viele Stunden in der Uni, zu wenige am See. Zuerst fiel es ihr nicht auf. Sie war mit der Uni beschäftigt. Aber als sie Anna mehrere Wochen (vielleicht war es auch nur eine, aber es kam ihr länger vor) nicht getroffen hatte, dachte sie, sie müsse nachfragen. Aber Anna reagierte nicht auf ihr Klopfen, obwohl Verena eben noch die Geräuschkulisse einer Serie gehört hatte. Anna öffnete die Tür nicht. Anna ging nicht mehr zu Verena auf den

Balkon, sie kochte nicht mehr für sie beide. Anna schien die Wohnung tagsüber nicht zu verlassen. Verena hörte sie spätnachmittags gehen und wachte manchmal davon auf, dass Anna morgens von der Kneipe nach Hause kam. Dass sie länger blieb als früher. Manchmal trafen sie sich morgens im Flur. Wenn Verena zu einer Vorlesung musste, kam Anna gerade nach Hause. Dass sie betrunken und aufgedreht war und Verena volllaberte, sie antwortete nichts, befand sich im Morgendelirium. Anna schlief dann bis nachmittags um vier, stand auf und ging wieder ins Lindental. Das konnte nicht gesund sein, so ein Lebensstil, sagte Verena. Dass es ab dem Herbst schlimmer wurde. Dass Anna nicht allein nach Hause kam. Mehrmals pro Woche waren Typen dabei. Verena hatte die nie zuvor gesehen, meistens waren sie älter als Anna, hatten einen Bart, sahen alternativ aus, mit Piercing oder Tunneln.

So ging es nicht weiter. Die eigene Wohnung war ein Rückzugsraum, und dieser Raum hatte sich verändert: Dass sie sich unwohl fühlte. Sie fürchtete sich, morgens nur mit Handtuch bekleidet vom Bad in ihr Zimmer zu gehen, fürchtete, auf dem Flur einem fremden Mann zu begegnen. Und ja, sie dachte, es sei nicht gut, mit so vielen Männern zu schlafen. Sie wolle sich kein Urteil anmaßen, erklärte sie mir, es war Annas Leben. Irgendwann habe sie aufgehört zu zählen. Verena legte den Kopf in den Nacken, wandte den Blick zur Decke und überschlug die Zahl. Dass es mehrere Monate so gegangen war. Mehrere Monate zwei bis vier Typen in der Woche. Das müssten um die 25 Typen gewesen sein, plus/minus. Das war Wahnsinn! Es war nicht normal, mit so vielen Männern zu schlafen! Sie hat immer gedacht, es wäre nur ein Klischee über russische Frauen.

Wahrscheinlich lernte Anna die Männer am Tresen kennen, lud sie über den Abend auf Schnäpse ein, in den frühen Morgenstunden waren die anderen Gäste gegangen, und es war ein Leichtes, die Typen zu sich nach Hause einzuladen. Und welcher Typ würde schon Nein zu Anna sagen!

Dass sie überlegt hatte, sich zu beschweren. Aber was hätte sie sagen sollen: Kannst du bitte mit weniger Typen schlafen? Dass sie Anna nichts vorschreiben konnte.

Verena wirkte nachdenklich und fuhr dann fort: Dass sie nicht sicher war, ob es beim Alkohol blieb. Sie hatte das Gefühl, Anna war tagelang wach, sie sah schlecht aus, abgemagert, mit Augenringen. Sie vermutete, Anna nähme Drogen. Aber sie hatte keine Beweise. Es war nur ein Gefühl.

Diese Sache erfuhr Verena erst spät, irgendwann im Herbst, Oktober oder November. Als ganz Leipzig es schon wusste. Sie war die Letzte. Aber wie hätte sie es auch hören sollen: Sie und Anna hatten unterschiedliche Freundeskreise.

Ob sie denkt, Anna sage die Wahrheit. Verena zögerte mit ihrer Antwort, erst nach einigen Minuten rückte sie mit ihrer Meinung raus. Dass sie es komisch fand. Ein Vergewaltigungsopfer. Würde eine vergewaltigte Frau mit so vielen Männer schlafen? Sie maßt sich keine Meinung an, nur Anna und Jonas wussten, was in dieser Nacht passiert war. Natürlich ging es Anna nicht gut. Aber lag es daran? Schon zuvor war sie unzufrieden, äußerte Verena gegenüber Zukunftsängste, hatte Angst, keinen Job als Übersetzerin oder Dolmetscherin zu finden, und war sich unsicher, ob sie überhaupt in diesem Feld arbeiten wollte.

Und noch etwas: Jonas hatte die Sache zwischen den beiden beendet, Anna hätte sie gern weitergeführt. Anna hatte also ein Motiv, sagte Verena.

David bestätigte, was Verena angedeutet hatte. David war der Besitzer des Lindentals. Eigentlich hatte er Lehramt studiert, aber das Referendariat hatte er abgebrochen und die Kneipe im Westen Leipzigs gegründet, erzählte er mir. Damals, vor ein paar Jahren, als zwei Straßen weiter noch die Nazikneipe und auf der Karl-Heine-Straße das

Antiquariat (jedes Buch 1 Euro) der einzige Laden war. Den großen Raum neben der Kneipe renovierte er, heute fanden dort Konzerte oder Theaterstücke der freien Szene statt. Anna arbeitete seit mehreren Jahren bei ihm und klar, als Barmann – oder -frau, fügte er mit einem Grinsen hinzu, trank man selbstverständlich.

Davids Gesicht war aufgedunsen, besonders die Backenpartie unter den Augen war rötlich, verschwitzt – man sah ihm an, dass er viel trank. Er wies sein Personal an, nicht zu viel zu trinken – und Schnaps durften sie während der Arbeitszeit gar nicht konsumieren –, auch aus Kostengründen, und weil er keine besoffenen Barkeeper gebrauchen konnte. Nein, ihm war nicht aufgefallen, dass Anna mehr trinken würde als früher. Dass er nicht darauf achtete. Er sei ein angenehmer Chef, sagte er, alle duzten sich, und er wolle, dass die Bar wie eine Familie für das Team ist. Auf Anna konnte er sich verlassen. Sie arbeitete von allen Angestellten am längsten bei ihm. Neue ließ er nur zu zweit arbeiten, und blieb selbst bis zum Schluss, sperrte den Laden zu. Aber Anna konnte er getrost allein lassen. Tatsächlich war sie die Einzige außer ihm, die die Kneipe zuschließen durfte.

Klar wurde es oft länger. Unter der Woche ging es bis zwei oder drei, aber bei Fußballspielen und am Wochenende wurde es schon mal fünf, manchmal sogar sieben.

Jetzt, wenn er an den Sommer zurückdenkt, fällt ihm ein, dass Anna mehr als sonst gearbeitet hat. Normalerweise übernahm sie ein bis zwei Schichten in der Woche, aber in diesem Sommer der Fußball-WM war sie fast jeden Tag da. Auch wenn sie keine Schicht hatte, saß sie mit ihm am Tresen. Dass es ein guter Sommer war. Normalerweise lief eine Kneipe im Winter natürlich besser, aber weil Fußball-WM war und sie oft den Freisitz öffneten, lief der Laden besser als in anderen Sommern.

Es war schade, dass Anna jetzt gekündigt hatte. Aber natürlich konnte er nicht erwarten, dass sie ein Leben lang in seiner Kneipe arbeiten würde. Sie würde erst einmal nicht in Leipzig sein, hat sie zu ihm gesagt, und er hat versprochen, sie könne immer wieder bei ihm anfangen.

Das sei keine Frage, sagte Frau Leonard, Annas Anwältin. Natürlich glaubte sie dem Opfer, immer. Das war ihre erste Prämisse. Sie hatte Anna nicht weiter befragt. Schließlich hatte die Polizei Anna schon vernommen und sie bekam als Anwältin Akteneinsicht. Falschanzeigen seien selten. Bei Anna sah sie kein Motiv, eine solche zu stellen.

Dass er einen Fehler gemacht hat. Das gab er zu. Das erste Mal besoffen war Jonas mit dreizehn Jahren an Silvester. Er war bei einem Freund und durfte mit echtem Sekt anstoßen, nicht nur mit Orangensaft oder Kindersekt. Ein Glas durften er und sein Freund trinken, aber sie klauten die Sektflasche von der Schneebar und leerten sie schnell. Er erinnerte sich, wie er in den Schnee pinkelte und nicht geradestehen und gucken konnte und dachte: Das muss es sein. So musste sich Betrunkensein anfühlen. In diesem Moment hat er sich sehr erwachsen gefühlt. Eine Stunde nach Mitternacht waren sie im Bett. Dann passierte das Unglück: Er und Micha übergaben sich auf den Teppich. Michas Zimmer war klein, das ganze Zimmer voller Kotze.

Das zweite Mal betrunken war er ein Jahr später. Auf einer Party von einer Klassenkameradin. Er trank Tequila und fand sich schließlich auf einem Hochbett knutschend mit einem Mädchen aus der Parallelklasse wieder. Es war sein erster Kuss. Ein langer Kuss, sie hörten nicht mehr auf, sie wussten nicht wie. Eben hatten sie herausgefunden, wie Küssen mit Zunge funktionierte, sie drehten die Zungen wie bei einem Karussell immer wieder umeinander. Dass sie nicht aufhören konnten.

Er erzählt das alles, sagte Jonas, weil er deutlich machen will, wie Alkohol und Sexualität von Anfang an miteinander verbunden sind. Das ist nicht nur sein Problem. Es ist ein gesellschaftliches.

Ab dem Tag des ersten Kusses trank er fast jedes Wochenende. Es gefiel ihm. Es machte ihn mutiger. Fast immer fand er ein Mädchen, das mit ihm knutschen wollte. Hätte er nicht getrunken, hätte er sich nicht getraut, sie anzusprechen. Alkohol löste die Hemmungen.

Dass seine Jugend geprägt war von Alkohol und Kiffen. Das waren die einzigen Dinge, die Spaß machten. Im Studium ging es nahtlos so weiter, nur besser: Es gab keine Eltern, die ihn kontrollierten. Er konnte nach Hause kommen, wann er wollte. Und alle anderen Studenten waren wie er, es war normal, zu trinken.

Erst nach seinem Semester in Kiew fiel ihm auf, wie viel Alkohol er konsumierte. Anfangs kannte er dort nicht viele Leute. Aus Langeweile trank er abends allein im Studentenwohnheim, hörte dabei laut Fugazi und tanzte mit hochgestreckter Faust auf billigem Laminat. Im Sommersemester zurück in Leipzig versuchte er, weniger zu trinken. Anfangs klappte es. Traf er sich mit Lisa, trank er nichts, sie schauten einen Film oder kochten. Doch als der Sommer begann, war er an den Abenden mit Freunden draußen, trank über Wochen jeden Tag Alkohol, auch wenn es manchmal nur ein Radler war.

Im Wintersemester, ein Jahr nach Kiew, wurde er krank. Über Wochen verschleppte er eine Grippe, musste Antibiotikum nehmen. Da wurde ihm bewusst, wie schwer es ihm fiel, auf Alkohol zu verzichten, und wie komisch es war, auf Partys der Einzige zu sein, der nüchtern war.

Vielleicht wäre es nicht schlecht, darüber nachzudenken, Alkohol zu verbieten, erklärte Jonas. Die Droge ist in Deutschland zu akzeptiert und das Feierabendbier zu selbstverständlich. Andererseits könnte man sich ausmalen, was passieren würde, wenn man Alkohol verbot, siehe die Prohibition in den USA, fügte Jonas hinzu.

Er erzähle das alles, um einen Punkt zu machen. Um zu zeigen, wie normal es war, dass Anna und Jonas am Abend des 4. Juli betrunken waren. Dass er sein Handeln zuerst nicht hinterfragt hatte. Der 4. Juli war ein ganz normaler Tag für ihn.

Dass sein Fehler war, zu viel zu trinken. Und Anna zu viel trinken zu lassen. Er hätte sie aufhalten müssen. So etwas durfte in ihrem Alter nicht mehr geschehen. So ein Absturz passierte mit 16. Aber nicht mit 27.

Dass er nichts gegen ihren Willen gemacht hatte. Er hatte sie gefragt, ob er ein Kondom holen sollte. Sie hatte ja gesagt. Er hatte sie sogar gefragt, ob es ihr gefiel, und sie hatte genickt. Dass die Vorwürfe vollkommen überraschend kamen.

Er fühlte sich wie Otto von F., der Held aus Andruchowytschs Roman *Moscoviada*, über den er promovierte. Der wie der Held der Odyssee immer weiter in den Untergrund absteigt. Am Ende ist er in der Kanalisation, wird erschossen, und Moskau versinkt in einer Flut. Jonas hatte das Gefühl, es würde immer weiter für ihn hinabgehen. Es war ungewiss, ob es zum Prozess kommen würde und wenn ja, welche Strafe würde er bekommen?

Sein ganzes Leben war jetzt schon zerstört. Alles, was er sich in den letzten Jahren aufgebaut hatte, zerbröselte zwischen seinen Fingern. Seine Freunde, seine Arbeit, sein Ruf. Sein Leben zerstört, weil er an einem Abend im Sommer zu viel getrunken hatte.

Sogar seine Familie konnte kein normales Leben mehr führen. Seine Mutter wurde im Supermarkt von Bekannten nicht mehr gegrüßt und einmal wurde sie sogar angespuckt und beschimpft, die Mutter eines Vergewaltigers zu sein. Wie weit war es bloß mit dieser Gesellschaft gekommen.

Dass er ein Beispiel setzen wollte. Seitdem er bei der Polizei gewesen war, trank er nicht mehr. Etwas musste sich ändern. Er wollte nicht, dass jemandem das Gleiche passierte wie ihm. Dass eine unglückliche Nacht das restliche Leben bestimmen sollte.

L

Anna wollte das alles nicht. Sie wünschte, sie hätte nie Anzeige erstattet, dann hätte niemand davon erfahren. Es ging ihr nicht darum, Jonas zu bestrafen. Nein. Sie wollte eine Entschuldigung. Sie wollte, dass er ihr in die Augen blickte und sagte: Ich habe dich vergewaltigt, es tut mir leid.

Dass sie niemals mit all dem gerechnet hätte.

Er wurde vorgeladen. Nein, nicht von den Bullen, sondern vom Plenum der M16. Es kam überraschend. Es war Ende November oder Anfang Dezember. Seit dem Sommer war Jonas nicht mehr im Plenum der M16 gewesen. Das letzte Mal war er für die Steuererklärung gekommen. Dann war Sommerpause und im Wintersemester hatte er zu viel um die Ohren und keine Zeit, einmal pro Woche aufs Plenum zu gehen. Er gab ein Einführungsseminar, es war sehr zeitaufwendig. Jede Woche wurden mindestens 30 Seiten Theorie besprochen. Von den Studenten und Studentinnen hatten meist nur zwei den Text gelesen, und er stand vor ihnen wie ein Oberschullehrer und predigte etwas über Narratologie oder Semiotik.

Dass er natürlich keinen Brief bekam wie von der Polizei. Nina schrieb ihm eine Nachricht: Er könnte am Mittwoch zum Plenum kommen und bekäme die Chance, sich zu den Vorwürfen zu äußern. Dass er die zwei Dinge nicht miteinander in Zusammenhang brachte: die M16 und Annas Anzeige. Die Phase, in der alle alles wussten, als nur über den Vergewaltigungsfall gesprochen wurde, hatte sich wieder gelegt. Irgendwann war durchgesickert, wer das vermeintliche Opfer war. Die Leute spekulierten weiterhin, wer der böse Vergewaltiger sein könnte, aber sein Name wurde nicht bekannt – soweit er wusste. Dass alle vielmehr dachten, der Täter sei einer von Annas Kunden oder ein Kollege oder ihr Chef. Dass er und Anna sich kannten, hatten viele Leute vergessen, schließlich war die Zeit, die sie miteinander verbracht hatten, kurz gewesen. Viele Leute hatten sie zwar auf der Party zusammen gesehen, aber Anfang des Herbstes brachte keiner Hannes' Geburtstagsparty am 4. Juli mit Annas Vergewaltigung in Verbindung.

Dann im Winter kam sein Name ins Spiel. Es machte keinen Sinn, zu versuchen, herauszufinden, wie es passiert war, erklärte Jonas. Oder durch wen. Der Beginn eines Gerüchts ist unauffindbar. Gerüchte sind bodenlos, sagte Jonas.

Ob er keine Vermutung hat, wer seinen Namen öffentlich machte? Jeder könnte es gewesen sein, antwortete er. Jeder, der ihn kannte, der ihn und Anna kannte, vielleicht war es einem Freund rausgerutscht, ohne dass er es böse gemeint hatte. Obwohl, Jonas zögerte, überlegte, er hatte nur mit Hannes und Momo darüber gesprochen. Dass Hannes ihn nicht verraten würde.

Jonas sprach schnell weiter. Auf jeden Fall hatte Nina oder jemand anderes aus der M16 erfahren, dass es sich bei dem mutmaßlichen Vergewaltiger um ihn handelte. Aber was dieses Plenum damit zu tun haben und warum er dort erscheinen sollte, blieb ihm schleierhaft.

Dass sie viel darüber diskutierten. Sie machten es nicht leichtfertig – falls es den Anschein hatte. Es gab eine Person, die sich beschwert hatte, erzählte Nina. Sie wollte keine Namen nennen.

Nina war fast so lange wie Jonas in der M16 aktiv. Nina mit den schwarzen Tunneln, Nina mit der schnellen Stimme, Nina mit der klaren Haltung. Sie und Jonas kannten sich seit Jahren, hatten oft zusammengearbeitet, eine Bar- oder Einlassschicht gemeinsam übernommen, aber sie seien nie gute Freunde geworden, erzählte sie.

Diese Person wollte nicht mehr mit Jonas in einer Gruppe sein, nicht mit ihm in einem Plenum sitzen, nicht mit ihm hinter der Bar stehen. Diese Person forderte nichts. Sie äußerte nur ihre Bedürfnisse.

Dass sie darauf reagieren mussten, sagte Nina. Sie diskutierten lange. Dass die Person anfangs allein mit ihrer Meinung dastand. Und die meisten wussten nicht, worum es ging.

Nina erinnerte sich an das erste Plenum, auf dem sie darüber gesprochen hatten. Normalerweise dauerte ein Treffen höchstens zwei Stunden, die Schichten wurden verteilt: Wer putzt das Klo? Wer macht den Einlass? Inhaltlich diskutierten sie selten. Aber an diesem Abend dauerte das Plenum bis in die Nacht, mit nur einer Pause, in der sie aufgewühlt im kleinen Garten nervös an den Zigaretten zogen, und sich, entsprechend ihren Meinungen, in kleine Grüppchen aufteilten und weiterdiskutierten.

Dass sie nicht mit einem Vergewaltiger in der Gruppe sein wollte, sagte diese Person. Dass sie nicht einmal mit ihm in einem Raum sein konnte. Zuerst sagte niemand etwas. Dann sagte jemand: Es gäbe keine Beweise, es seien nur Anschuldigungen, Aussage gegen Aussage.

Zwar gäbe es keine Beweise, antwortete die Person, aber sie habe einen Grundsatz: Dem Opfer muss geglaubt werden. Außerdem wisse sie aus sicherer Quelle, dass Anna nicht lügen würde.

Nina hörte von dieser Person zum ersten Mal, dass es um Jonas ging. Sie hatte von der Sache gehört und sich gefragt, wer der Täter sein könnte und ob sie ihn kenne.

Die Person sprach weiter: Sie habe selbst ähnliche Erfahrungen gemacht, Erfahrungen mit sexualisierter Gewalt, und Jonas würde sie triggern. Schweigen.

Jemand fragte: Triggern? Was ist das?

Jonas löst Erinnerung an traumatische Erfahrungen in ihr aus, antwortete die Person.

Jemand forderte: Jonas müsse Hausverbot bekommen. Dieser Ort ist ein Schutzraum, sagte eine andere Person aufgebracht. Vergewaltiger haben hier nichts zu suchen.

Nina ging es zu schnell, sie war immer noch davon überrascht, dass Jonas der Täter sein sollte. Sie sagte anfangs nicht viel, sie wusste nicht, was, musste verarbeiten, was gerade passierte. Sie erinnerte sich, wie sie rot wurde und zitterte, und das Zittern ergriff ihren ganzen Körper, hörte nicht mehr auf, die ganzen Stunden des Plenums über zitterte sie leicht, unbemerkt von den andern. Erst später, als sie im Bett lag und sich ein wenig beruhigt hatte, endete es.

Dass sie in diesem ersten Plenum dagegen war, Jonas auszuschließen. Ihn verteidigte. Wobei nicht Jonas, sondern die Sache an sich. Sie kann sich kein Urteil bilden, und es ist nicht die Aufgabe der Gruppe, eines zu fällen. Außerdem ist Jonas seit Monaten nicht zum Plenum erschienen, die Diskussion folglich sinnlos, erklärte sie den anderen.

Das macht es umso schlimmer, antwortete die Person. Die Ungewissheit. Wann würde er kommen? Auch in diesem Moment könnte er einfach in den Raum spazieren. Vielleicht hatte er sich verspätet. Er hatte jedenfalls nicht abgesagt. Nina winkte ab. Da sagte die Person zu Nina, sie macht sich zur Komplizin einer *Rape Culture*. Nina schwieg, sie wusste damals nicht, wovon die Person sprach.

Dass sie nach Stunden mit der Diskussion aufhörten, ohne Ergebnis.

Eine Woche später diskutierten sie weiter, und Nina änderte ihre Meinung. Natürlich hätte niemand das von Jonas erwartet. Sie kannten ihn als offen, reflektiert. Aber darum ging es nicht. Es ging darum, das Opfer ernst zu nehmen, Anna zu glauben. Wenn sie sagt, sie wurde vergewaltigt, muss man ihr glauben und kann nicht wie der Rest der Leute von Falschbeschuldigung sprechen.

Statistisch gesehen machen diese nur drei Prozent aus, erläuterte mir Nina. Und überhaupt waren das Problem nicht die Falschbeschuldigungen, sondern die Vergewaltigungen und dass zu wenig Frauen diese anzeigten. Nur bei fünf Prozent aller Vergewaltigungen wurde die Polizei eingeschaltet, fünf Prozent! Nina wurde lauter. Die Dunkelziffer war groß.

Von den Vergewaltigungen wiederum, die angezeigt wurden und vor Gericht kamen, endeten weniger als ein Fünftel mit einer Verurteilung. Das müsse man sich mal vorstellen. Ninas Sätze folgten ohne Pause aufeinander. Viele Verfahren würden auch eingestellt werden. Es war mutig und wichtig von Anna, Anzeige zu erstatten. Und deswegen, Nina beendete ihren kleinen Vortrag, muss man Anna unterstützen, denn allein statistisch war es unwahrscheinlich, dass sie log. Sie hat viel gelernt in den letzten Monaten, sagte Nina. Dass wir in einer *Rape Culture* lebten. Vergewaltigung war ein strukturelles Problem – kein persönliches. Die Gesellschaft ist patriarchal. Es gab zwar auch männliche Vergewaltigungsopfer, aber die meisten Täter – auch bei männlichen Opfern – waren: Männer. Der ganze Vergewaltigungsdiskurs war von Mythen durchtränkt: dass Frauen nachts im Dunkeln von einem Fremden überfallen und vergewaltigt würden. Dass Frauen selbst schuld seien. Dass sie keine kurzen Röcke tragen sollten. Dass Vergewaltigungsopfer junge hübsche Frauen seien. All das ist falsch. Die meisten Vergewaltigungen finden durch einen Freund, nahen Bekannten oder ein Familienmitglied statt. Der Fall von Anna und Jonas ist also nichts Ungewöhnliches.

An den berühmten Fällen aus den Medien wie Kachelmann, Strauss-Kahn oder Assange zeigen sich diese Mythen besonders gut: Nie wurde als Erstes gefragt: Ist er schuldig? Sondern: Hat sie gelogen?

Es war eine Frage der Solidarität. Natürlich mochte Nina Jonas, das stand nicht zur Debatte. Aber allein aus feministischer Perspektive musste sie zu Anna halten. Es gab genug Leute, die über sie lästerten und sagten, sie habe sich alles nur ausgedacht. Das glaubte Nina nicht. Die Statistik sprach dagegen.

Dass sie sich im Plenum auf eine Sache einigen konnten: Bevor sie das Hausverbot aussprachen, sollte Jonas die Chance bekommen, Stellung zu beziehen.

Nina schrieb ihm eine Nachricht.

Warum sollte er sich äußern? So wütend hatte ich Jonas nie gesehen. Was hatte die M16 damit zu tun? Mit ihm zu tun? Warum mischten sich diese Leute ein? Warum spielten sie Gericht? Allein die Vorstellung, dorthin zu gehen: Dass sie ihm sowieso nicht glauben würden. Sein Urteil war gefällt. Sie hatten eine Hexenverfolgung ins Laufen gebracht. Ab jetzt war er Freiwild.

Dass er natürlich nicht zu dem Plenum erschien. Sollte es zur Anklage kommen, würde er sich vor einen Richter stellen. Aber sie waren kein Gericht. Sie waren ein Haufen junger Linker, mit denen er früher zusammengearbeitet hatte. Es stand ihnen nicht zu. Es ging sie nichts an. Und selbst wenn er schuldig wäre, warum sollte man ihn mit einem Hausverbot bestrafen? Was gab ihnen das Recht?

Fremde Leute zerrissen sich das Maul über ihn – das war ihm egal. Aber die eigenen Leute, die eigenen Leute rammten ihm das Messer in den Rücken. Das war nicht in Ordnung. Kameradenschweine, sagte er.

Dass er nicht zum Plenum erschienen war, hatte eine negative Wirkung, erläuterte Nina. Dass sie ihm eine Chance gegeben hatten, und er hatte sie nicht wahrgenommen. Das gab den Anstoß für sie, sagte Nina. Das änderte endgültig ihre Meinung. Anscheinend hatte er kein Interesse, sich damit auseinanderzusetzen. Die Person, die ihre Bedürfnisse geäußert hat, die von ihm getriggert wurde, muss respektiert werden. Sie muss geschützt werden. Opferschutz war das Wichtigste. Alle haben das Recht darauf, sich sicher zu fühlen. Es ist ihre Pflicht als Linke, einen Raum zu schaffen, in dem alle sich wohlfühlen. Wäre Jonas da, ist dies nicht mehr gegeben.

Dass es ihr leidtat. Aber es gab keinen anderen Umgang damit. Es war das einzig Richtige. Sie konnten es nicht ignorieren und so tun, als wäre nichts, als gäbe es keine Vorwürfe. Sie war enttäuscht, dass er nicht gekommen war. Sie boten es ihm nicht noch einmal an. Sie informierten ihn über sein Hausverbot auf unbegrenzte Zeit und den Ausschluss aus der Gruppe. Auch darauf reagierte er nicht.

Es war lächerlich. Dieser Brief, den sie ihm schrieben. Sie erklärten auf zwei Seiten ihre Gründe, warum er Hausverbot erhielt. Ja, es tat weh. Alles andere wäre gelogen. Über Jahre hatte er sich dort engagiert, und nun wurde es ihm wegen eines Gerüchts einfach weggenommen. All die Arbeit, die er investierte: Er hatte eine Bar aus Ziegelsteinen gebaut, unzählige Male das Klo geputzt, machte die Steuererklärung. Und so viele gute Erinnerungen: Abende vor dem Beamer, als sie fünf Folgen *Twin Peaks* hintereinander schauten, und später beim Nachhauseweg hatte er Angst, Bob aus der Serie würde ihn verfolgen. Die Bingo-Party, auf der er zu viele Moscow Mule trank, ins Klo kotzte und danach einfach weitersoff. Die ersten Jahre in der M16 waren die besten. Dass er nicht mehr hindurfte, war gar nicht so schlimm. Es war keine große Veränderung seines Alltags, er war im letzten Jahr selten da. Aber dass seine Arbeit nicht honoriert wurde, dass er keine Anerkennung bekam. Dass er nicht ernst genommen wurde, dass Annas Wort so viel und seines nichts bedeutete.

Das Hausverbot in der M16 war erst der Anfang. Sein Name verbreitete sich, die Leute sahen ihn komisch an, grüßten ihn nicht mehr. Auch von einem bestimmten Vorfall erzählte er, es war einer der krasseren, aber es zeigt, wie sein Leben ab diesem Zeitpunkt beeinträchtigt wurde.

Dass er sich wie immer einen Kaffee in der Cafeteria gegenüber der Bibliothek holte. Es regnete an diesem Tag, normalerweise setzte er sich mit dem Kaffee auf die Stufen der Albertina und rauchte dazu eine Zigarette, unterhielt sich mit einem Bekannten. Wegen des Regens blieb er in der Cafeteria. Es war Vormittag, nicht viel los. Die meisten Studenten saßen in den Seminaren oder Vorlesungen. Zwei Mädchen einen Tisch weiter tuschelten, warfen ihm Blicke zu, böse. Dass er Zeitung auf dem Smartphone lesen wollte, aber er konnte sich nicht konzentrieren, wurde nervös, sah zu den Mädchen. Dann kam eins zu ihm und sagte, sie fühle sich in seiner Gegenwart nicht wohl, er solle bitte die Cafeteria verlassen. Dass er vollkommen perplex war. Ohne nachzudenken sagte er Nein, nichts weiter, starrte auf sein Smartphone. Das Mädchen blieb vor ihm stehen, fixierte ihn, und die andere hörte seine Antwort am Nebentisch, und offensichtlich gefiel sie ihr nicht, sie baute sich neben ihrer Freundin auf und wiederholte deutlich unhöflicher und lauter die Forderung. Dass er sich in diesem Moment nicht damit auseinandersetzen konnte. Es ging ihm nicht gut, in diesen Wochen, er war permanent angespannt, schlief schlecht. Er ging. Nicht weil er klein beigeben wollte, weil er dachte, sie hätten das Recht, ihn aus einem öffentlichen Raum zu werfen, sondern weil er keine Kraft hatte, zu diskutieren, sich dem Urteil völlig fremder Leute auszusetzen. Dass er nie viel geweint hatte in seinem Leben. Selten. Aber das traf ihn. In seinen Augen standen Tränen. Eine Mischung aus Wut und Verzweiflung.

Eine Frau in ihrem Alter fing sie nach einer Lesung ab und sagte, sie müsse mit ihr sprechen, erzählte Anna. Obwohl sie sich gut Gesichter merken konnte, hatte sie diese Frau nie vorher gesehen. Es war einer der ersten Abende im Winter, an dem sie wieder ausgegangen war. Und nicht nur in der Kneipe gearbeitet hatte. Sondern etwas für sich gemacht hatte. Sie fragte niemanden nach Begleitung. Dass Anna stolz auf sich war. Nach Monaten hatte sie es wieder unter Leute geschafft und sie wusste, dass viele bekannte Gesichter auf der Lesung sein würden. Deren Blicke würden sie treffen. Zu dieser Zeit war Jonas' Name bereits öffentlich geworden. Sie hatte Angst. Angst, dass die Leute ihr nicht glauben, sich auf Jonas' Seite stellen würden.

Eine Autorin las aus ihrem Roman über Sexarbeit vor, mit dem sie in den letzten Wochen polarisiert hatte. Anna erwartete, dass die Diskussion nach der Lesung kontrovers werden würde. Sie behielt recht. Die Autorin musste zahlreiche kritische Fragen aushalten, die Zuschauer wollten, dass sie ihre bzw. die Position ihrer Figuren rechtfertigte. Teilweise wurden die Fragen penetrant wiederholt, aber die Autorin verweigerte die Antworten und rief damit nur mehr Wut hervor.

Diese Frau mit absurd kurzem Pony und Adidas-Jacke kam also nach der Lesung auf sie zu. Dass sie auf ihren Instinkt hätte hören sollen. Das war eines der wenigen Dinge, die sie aus dem 4. Juli gelernt hatte: auf das Bauchgefühl hören. Gehen, wenn man sich unwohl fühlt. Sie hätte sich nicht darauf einlassen sollen, die Frau, die sich als Frida vorstellte, sprach schnell und leise. Sie hätten eine Support-Gruppe für Anna gegründet. Sie seien für sie da, wenn sie über ihr Erlebnis sprechen wolle.

Anna kapierte nicht, was die Frau von ihr wollte. Erlebnis?, fragte sie nach. Ihr Erlebnis mit sexualisierter Gewalt, antwortete Frida.

Anna war sprachlos. Erlebnis? Erfahrung, das traf es vielleicht. Vergewaltigung war auf jeden Fall der richtige Begriff, sexualisierte Gewalt – auch gut, aber Erlebnis? Es schien, als wäre das Wort *Vergewaltigung* tabuisiert, wie das *N-Wort*, das man nicht aussprechen durfte, Selbstzensur. Bevor Anna reagieren konnte, erklärte Frida, sie, die Support-Gruppe, setze sich dafür ein, dass so etwas nicht wieder passierte, vor allem nicht in der Szene, wie sie es nannte. Welche Szene?, dachte Anna. Frida sprach weiter: Anna hat das Recht, sich überall wohlzufühlen und nicht getriggert zu werden. Sie haben Jonas Hausverbot erteilt und könnten versuchen, dieses an anderen Orten durchzusetzen, wenn sie es denn wünscht.

Anna hätte Nein sagen sollen, dass sie sie in Ruhe lassen sollten, es sie nichts anging, was ihnen einfiel und dass sie nie wollte, dass irgendjemand Jonas' Namen erfuhr, und auch nie wollte, dass er aus irgendeinem Raum ausgeschlossen wurde. Sie wollte nur ihre Ruhe!

Aber das fiel ihr, wie es immer in solchen Situationen war, erst viel später ein. In diesem Moment, gedrängt zwischen zwei Bücherregale – Frida versperrte ihr den Weg zum Ausgang – war sie nur in der Lage, ungläubig den Kopf zu schütteln und sagte: Okay. Ich verstehe. Auch wenn sie nichts verstand und bis heute nicht versteht, was die Frau genau mit Szene meinte. Die linke Szene? Die studentische Szene? Wer waren diese Leute? Von welcher Gruppe sprach sie? Warum sollte sie mit wildfremden Leuten über ihre Vergewaltigung sprechen?

Sie hörte der Frau nicht mehr zu und antwortete: Ja, vielleicht komme ich mal bei euch vorbei. Wie immer brachte sie kein eindeutiges Nein heraus, auch wenn es das war, was sie meinte. Frida drückte ihr einen Zettel in die Hand, darauf standen eine E-Mail-Adresse, eine Handynummer und: Support Awareness Group.

Dass Menschen brutal sind, meinte Hannes. Unmenschlich und hinterhältig. Sie lieben Gerüchte und Tratsch, es interessiert sie nicht, was die Folgen sind, die Konsequenzen ihres Redens, dass sie anderen Menschen damit wehtun können. Dass es Anna verletzte. Und Jonas.

Im Herbst war kurz Ruhe gewesen. Aber als Jonas' Name öffentlich wurde und er Hausverbot in der M16 bekam, wurde die Wochen vor Weihnachten nur darüber getuschelt und geredet und gespottet. Dass sich Fronten bildeten. Annas Seite und Jonas' Seite. Jeder musste sich auf eine stellen.

Alle schienen am 4. Juli dabei gewesen zu sein, und waren plötzlich

Experten oder Expertinnen für Vergewaltigung. Einmal hörte er, wie zwei Studentinnen sich um den genauen Wortlaut des Paragrafen 177 stritten, des Sexualstrafrechtsparagrafen. Ob ein Nein ausreichen würde oder ob man sich körperlich wehren musste, damit es juristisch gesehen eine Vergewaltigung war. Soweit Hannes wusste, reichte ein Nein nicht aus, und ich nickte.

Dass Hannes zwischen die Fronten geriet. Es war unumgänglich. Er war das Bindeglied zwischen Anna und Jonas oder war es einmal gewesen. Da gab es keine Verbindung mehr. Nur Mauern, hinter denen die Leute lauerten und auf den nächsten Skandal warteten. Hannes sollte sich positionieren, verlangten die Leute. Sie dachten wohl, er hätte eine Art Hoheitsgewalt. Er wüsste mehr als alle anderen, weil es seine Party gewesen war und es seine Freunde waren. Wenn das Gespräch auf das Thema kam, versuchte er, über etwas anderes zu sprechen. Das funktionierte nicht. Schließlich trat er die Flucht an, wann immer das Gespräch darüber begann.

Was er von dem Hausverbot halte, fragte ich ihn. Dass er sich nicht sicher war. War das der richtige Umgang damit?

Nachdem der Ball einmal losgetreten worden war, war er nicht mehr zu stoppen. Anna ging nicht zu der für sie gegründeten Support Awareness Group. Warum sollte sie mit Leuten sprechen, die sie nicht kannte, und abgesehen davon hatte sie keine große Lust, darüber zu reden.

Daria hatte ihr vorgeschlagen, eine Therapie anzufangen, aber tatsächlich funktionierte nicht darüber zu reden und sich abzulenken im Moment am besten für Anna. Langfristig war es wahrscheinlich nicht gut. Sie sollte sich damit auseinandersetzen. Damals konnte sie es noch nicht und musste sich ablenken. Arbeitete so viel wie möglich im Lindental.

Der losgetretene Ball rollte nicht geradeaus, er rollte kreuz und quer. Einmal sprach eine Bekannte Anna an. Sie kannten sich von der Uni, waren sich sympathisch, aber hatten nie viel miteinander zu tun gehabt. Diese Frau sagte: Sie findet es nicht gut mit dem Hausverbot. Das ist eine Vendetta. Wir leben in einem Rechtsstaat, Selbstjustiz könnte man woanders machen.

Gerüchte verbreiteten sich: Anna habe Jonas Hausverbot in der M16 erteilt. Annas Agenda sei: Jonas raus aus allen Zusammenhängen. Es schien, als würden überall, wo sie hinging, Leute sie mit abschätzigen Blicken mustern.

Bald ging ihr die Kraft aus, sich aufzuregen, die Bälle prallten an ihr ab wie an einem zugepflasterten Tor.

Obwohl sie anfangs unsicher gewesen war, stand Nina zu ihrer Meinung. Sie hatten das Richtige getan. Dem Opfer muss geglaubt werden. Wenn das Opfer es als Vergewaltigung empfand, war es eine.

Dass es schade war, dass Anna das Angebot nicht wahrnahm. Das Angebot der Awareness-Gruppe. Sie machten das für sie. Auch für zukünftige Opfer oder um überhaupt so etwas zu verhindern! Die M16 war ein Anfang. Nun wussten alle, dass man sich dort wohlfühlen konnte, dass es ein Schutzraum war, ein Schutzraum vor dieser scheiß Gesellschaft da draußen, sagte Nina.

Jonas war kein böser Mensch. Er hatte etwas Schlimmes getan, das war ein Unterschied. Er war kein Teufel, und er musste nicht wie einer behandelt werden. Nein, wahrscheinlich könnte sie ihm nie verzeihen, sagte Anna.

Dass unbekannte Leute böse und falsche Dinge über sie dachten, war sie nun gewohnt, aber nicht Hannes. Natürlich – sie hatte ihm die Freundschaft gekündigt. Aber es schnell bereut. Sie vermisste ihn. Im Dezember wollte sie den Kontakt wieder aufnehmen und schrieb ihm. Sie wollte sich einfach einen Abend mit ihm betrinken und alles vergessen und nicht darüber sprechen. Anfangs antwortete er zwar, aber immer kamen Ausreden: Er hat schon etwas vor oder keine Zeit. Dann reagierte er nicht mehr auf Nachrichten.

Dass es wohl die richtige Entscheidung gewesen war, die Freundschaft zu beenden. Auch wenn es wehtat. Glaubte er ihr nicht? War er auf Jonas' Seite? War das der Grund für seine Abwesenheit?

Es wurde noch schlimmer mit Hannes: Er ging ihr aus dem Weg. Anna traf ihn einmal auf der Straße in Connewitz vor dem Buchladen, er sagte nur, er müsse schnell los. Ein anderes Mal lief Hannes die gegenüberliegende Seite auf der Bornaischen Straße entlang, Anna war sich sicher, dass er sie einen Moment angeblickt und erkannt hatte, aber er schaute demonstrativ in die andere Richtung, tat so, als hätte er sie nicht gesehen, aber vielleicht bildete sie sich alles nur ein. Vielleicht war sie paranoid.

Ich sprach Hannes auf Annas Vorwürfe an. Dass er sich nicht an diese Situation erinnern könne. Es war Annas Entscheidung gewesen, die Freundschaft zu beenden. Er akzeptierte das. Er habe keine weiteren Nachrichten von ihr bekommen. Er hätte sich natürlich mit ihr getroffen. Er stellt sich auf keine Seite, falls ich das andeuten wollte. Die Leute dachten, er stünde auf Jonas' Seite, weil er keinen Kontakt mehr zu Anna hatte, aber das stimmt nicht. Er war verärgert.

Mit dem Hausverbot konnte er sich arrangieren. Damit, dass Leute ihm aus dem Weg gingen, auch. Aber im März kam der Dolchstoß. Nach der Support Awareness Group bildete sich auch eine studentische Gruppe gegen sexualisierte Gewalt an Hochschulen. Dagegen war nichts einzuwenden. Aber sie hatten es auf ihn abgesehen.

Seit fast einem Jahr arbeitete er als wissenschaftlicher Mitarbeiter an der Universität Leipzig. Seitdem war er mit seiner Doktorarbeit nicht vorangekommen, weil er durch die Stelle die meiste Zeit damit beschäftigt war, Seminare zu halten und Gliederungen für Hausarbeiten zu verbessern. Jonas bereute es, sich nicht für ein Promotionsstipendium beworben zu haben, dann hätte er jetzt seine Ruhe. Könnte einfach in der Bibliothek lesen und schreiben und müsste sich nicht mit anderen Leuten auseinandersetzen.

Dass sein Vertrag nur befristet war. So war es an deutschen Universitäten: Die Verträge, meist schlecht bezahlt, wurden für zwei, manchmal vier Semester ausgestellt. Er kannte keinen wissenschaftlichen Mitarbeiter mit einem unbefristeten Vertrag, davon konnte man nur träumen. Das Arbeitsverhältnis wurde zwar jedes Mal verlängert, es war nur eine Formalie, trotzdem gab es immer diese Ungewissheit.

Im März 2015 wurde sein Vertrag nicht verlängert, und sein Chef, Professor Melián, war schlecht zu erreichen. Er war einen Monat zu Forschungszwecken in Kirgisistan und beantwortete keine E-Mails. Jonas hatte natürlich gewusst, dass sein Vertrag Ende März offiziell endete, hatte aber mit einer Verlängerung wie die Male davor gerechnet. Er hatte vergessen, seinen Chef zu fragen, bevor dieser ins Ausland gefahren war.

Die E-Mail kam von der Sekretärin. Es gäbe keine weiteren Mittel für die Stelle. Dass er selten so wütend in seinem Leben gewesen war. Er war kein Choleriker, konnte seine Wutanfälle an einer Hand abzählen. Ihm war klar: Der Grund waren Annas Vorwürfe. Ein mutmaßlicher Sexualstraftäter hat es in dieser Gesellschaft nicht leicht, sagte Jonas.

M

Jonas wartete. Am 1. April 2015 ging er zum Jobcenter und beantragte Hartz IV. Das Leben, das er noch vor einem Jahr geführt hatte, war ihm wie Sand durch die Finger geronnen, er hatte keinen Job mehr, er wartete auf den Abschluss der Ermittlungen der Staatsanwaltschaft, die meisten seiner Freunde gingen ihm aus dem Weg. Er hatte das Gefühl, es konnte nur noch bergab gehen.

Das Jobcenter war am Arsch der Welt, es dauerte fast 40 Minuten, mit der Tram dorthin zu fahren. Dass er noch nie dort gewesen war, nach dem Studium hatte er sofort die Stelle in Leipzig angefangen, hatte keine Geldsorgen gehabt, berichtete er. Es war wie in jedem anderen Amt, man musste eine Nummer ziehen, warten. Normalerweise war die Wartezeit in Leipziger Ämtern geringer als in anderen Städten. Er konnte nicht erklären, woran es lag, aber es war auffällig, und Bekannte bestätigten seine Beobachtungen. Zum Beispiel im Bürgeramt Wiedebachpassage in Connewitz kam man sofort an die Reihe, wenn man eine Zahl zog, es piepte, man streckte den Kopf Richtung elektronischer Anzeigetafel mit roter Schrift, die Ziffer auf dem Zettel in der Hand war identisch mit der Ziffer auf der Tafel. Vielleicht lag es daran, dass Leipzig so weitläufig war, oder dass nach der Wende so viele weggezogen waren, obwohl er neulich gelesen hatte, dass Leipzig die Stadt in Deutschland mit dem meisten Zuzug war. Es würde also nicht mehr lange so bleiben.

Dass er sich im Jobcenter trotzdem darauf einstellte, lange zu warten, in einer Stadt mit so vielen Arbeitslosen. Er fuhr extra frühmorgens hin, es war ein Mittwoch. Die Sachbearbeiterin war sauer, er hätte sich früher melden müssen, man ist verpflichtet, sich sofort beim Amt zu melden, sobald man gekündigt wurde. Mindestens drei Monate vorher. Er ist nicht gekündigt worden, der Vertrag ist nicht verlängert worden, warf er ein, und erst kurz vor Ablauf der Frist hat er davon erfahren. Die Sachbearbeiterin hörte schon nicht mehr zu, tippte die Daten von seinem Personalausweis ab. Sie hat keine andere Möglichkeit, sie schickt ihn zu einer Art Notfallsachbearbeiterin, sonst funktioniert es nicht. Was genau nicht funktionieren sollte, blieb sie ihm schuldig, er wechselte den Raum, saß gegenüber einer neuen Sachbearbeiterin, die noch unfreundlicher war als die zuvor.

Was man damit macht, fragte sie, mit dem, was er studiert hat. Er sagte, zum Beispiel an der Universität arbeiten oder in einer Stiftung als wissenschaftlicher Mitarbeiter. Die Notfallsachbearbeiterin reichte ihm ein Dokument, er soll die Eingliederungsvereinbarung unterschreiben. Dass Jonas sich vorher nicht viel mit dem Jobcenter auseinandergesetzt hatte, aber eine Sache wusste er, eine Sache hatten ihm alle geraten: nicht die Eingliederungsvereinbarung unterschreiben. Mit diesem Dokument wäre es leicht, ihn zu sanktionieren, Geld zu kürzen. Er sagte, er will sie mit nach Hause nehmen, sich das genauer angucken, bevor er unterschreibt. Die Notfallsachbearbeiterin wurde sauer. Das kann nicht sein, dann hat sie keine andere Wahl, sie muss einen Verwaltungsakt erlassen, und er wird eine Maßnahme erhalten. Jonas hatte keine Ahnung, wovon sie redete. Dann war das Gespräch beendet. Jonas sollte nach Hause gehen und in einer Woche wiederkommen.

Dass er wütend war und frustriert. Er wusste nicht, was hier eben passiert war, zuhause googelte er die Jobcenterbegriffe und fand sich nur langsam in der Welt der Hartz-IV-Foren zurecht: Dort hieß die Eingliederungsvereinbarung EGV und die Leute gaben sich Tipps, wie man einfach an eine Krankschreibung kommt. So viel fand er aber heraus: Weil er die Eingliederungsvereinbarung nicht unterschrieben hatte, war er in eine Maßnahme für Langzeitarbeitslose gesteckt worden: Jede Woche musste er bei der Sachbearbeiterin antanzen oder auf einer Jobmesse erscheinen, sonst bekäme er Sanktionen, weniger Geld.

Dass er sich seine Arbeitslosigkeit anders vorgestellt hatte: Er dachte, er könnte nun konzentriert an seiner Promotion arbeiten, würde nicht durch die Seminare abgelenkt werden, vielleicht einen freien Kopf bekommen. Aber was machte er sich vor? In Leipzig würde er niemals einen freien Kopf bekommen. Er hatte überlegt, länger wegzufahren, vielleicht nach Frankfurt zu seinen Eltern oder Freunde besuchen in Berlin. Aber nun musste er einmal pro Woche zum Jobcenter.

Und er wartete auf das Ergebnis der Ermittlungen der Staatsanwaltschaft. Im April 2015 waren schon fast neun Monate vergangen, seit Anna Anzeige erstattet hatte.

Annas Anwältin Frau Leonard erklärte mir im Interview, dass es normal war, so lange zu warten. Mit einem halben Jahr war mindestens zu rechnen. Vielleicht sogar mit einem Jahr. Die Polizei sei unterbesetzt, jeder Sachbearbeiter befasse sich mit mehreren Fällen gleichzeitig. Die Fälle, bei denen die Verdächtigen in Untersuchungshaft saßen, mussten priorisiert werden, so rutschen andere Anzeigen auf dem Bearbeitungsstapel immer weiter nach unten. Sie konnte auch keine Aussage dazu treffen, wie lange die Gerichtsverhandlung dauern würde, vielleicht einen Verhandlungstag, vielleicht auch drei. Auch das könnte sich über Monate hinziehen.

Manchmal vergaß Anna, dass sie die Anzeige gestellt hatte. Ihre Anwältin hielt sie auf dem Laufenden, aber nichts passierte, so ging der Winter vorüber und im Frühling beruhigte sich alles ein wenig.

Ja, sie bereute es, die Anzeige gestellt zu haben. Sie hasste es, dass alle zu wissen schienen, was passiert war, dass die Leute sie mit bemitleidendem Blick musterten. Einmal ließ eine Frau in ihrem Alter sie an der Kasse nach vorne, musterte Anna von oben bis unten, und Anna fragte sich, ob die Frau es getan hatte, weil sie wusste, Anna war dieses Vergewaltigungsopfer, von dem alle sprachen.

Sie hasste Mitleid. Sie hielt diese Blicke nicht aus. Dass sie die Leute am liebsten angeschrien hätte, sie sollten sich um ihren eigenen Scheiß kümmern, aber dann wäre sie nicht nur das Opfer, sondern auch die Verrückte.

Sie arbeitete so viel wie möglich im Lindental. Sie brauchte Ablenkung und hatte keine Lust, sich mit Leuten zu treffen, normale Verabredungen zu haben. Die Einzige, die sie sehen wollte, war Daria.

Anna konnte nicht allein sein, konnte nicht mit anderen Leuten zusammen sein. Deswegen war die Arbeit im Lindental perfekt. Es gab immer etwas zu tun, sie war nicht allein, aber sie musste mit niemandem ein Gespräch führen, die Konversation beschränkte sich auf ein Nicken ihrerseits, der Kunde bestellte Bier, sie brachte es, nannte den Preis, kassierte.

Dass sie sich noch an den Ersten erinnerte. Er hieß Daniel. Er war ein bisschen älter als sie, und es fing damit an, dass er Schnaps mit ihr trinken wollte. Zuerst wies sie ihn ab, sagte, nicht bei der Arbeit, er lachte und deutete auf das Bier in ihrer Hand. Da musste sie schmunzeln.

Dass er ihr nicht gefiel, er hatte Koteletten, er trug einen komischen Zylinder. Sie ließ sich überreden, aber nur einen, sagte sie und lachte dabei. Sie tranken Pfeffi, das war weniger stark als Schnaps und eigentlich wollte sie es bei diesem Getränk belassen, aber es wurde später und der Typ war irgendwie charmant. Er war nicht aufdringlich, er war interessiert, und sie genoss es, dass er sie nicht kannte, dass er nicht voreingenommen war und in ihr nicht das Opfer sah. In diesem Moment konnte sie sich aussuchen, wer sie sein wollte. Sie könnte sich eine neue Identität ausdenken. Sie könnte sagen, sie heiße Diana, sei die Tochter von zwei Ärzten (Anästhesie und Allgemeinmedizin) und sie habe gegen die Eltern revoltiert, die wollten, dass sie in ihre Fußstapfen trete und deswegen arbeite sie jetzt in einer Kneipe. Sie könnte behaupten, sie habe sich hoch verschuldet, bei Fußballwetten, weil sie gegen Deutschland und auf Frankreich gesetzt habe und müsse deswegen Tag und Nacht hier arbeiten. Dass sie nichts davon sagte. Sie sagte ihm, wie sie hieß und was sie studiert hatte, aber nur weil er diese Informationen hatte, kannte er sie noch lange nicht. Trotzdem konnte sie sein, wer sie wollte und sie mochte, was er in ihr sah. Eine junge schöne Frau.

Dass es so leicht gewesen war. Obwohl sie mehrmals sagte, er soll nach Hause gehen, sie muss die Bar noch saubermachen, wartete er und schließlich half er ihr, kletterte behäbig über den Tresen, er wollte sie wohl beeindrucken, schließlich hätte er wie alle anderen einfach zwischen den beiden niedrigen Holzschwingtüren durchgehen können. Dass es irgendwie süß war und witzig.

Im Nachhinein war das Beste daran, dass sie ihren Kopf ausschalten konnte. Sie war besoffen, und es gab nur diese Kneipe, diesen Abend, diesen Typen mit Namen Daniel. Eine andere Welt existierte nicht.

Sie sperrte die Kneipe zu, er stand dicht neben ihr, und sie fingen an rumzumachen. Sie erinnerte sich nicht, dass einer von beiden gefragt hätte, sie war einfach mitgekommen zu ihm nach Hause, er wohnte im Westen, und vielleicht sagte sie so etwas wie: Jetzt noch so weit mit dem Fahrrad in den Süden fahren, das dauert mindestens eine halbe Stunde, in meinem Zustand länger.

Natürlich war der Sex nicht gut. One-Night-Stands waren nie gut. Dass sie sich selbst über sich wunderte. Sie hatte erwartet, nie wieder Sex haben zu können nach dem 4. Juli. Dass sie erst eine Therapie anfangen müsse, um wieder ein Körpergefühl und Vertrauen zu entwickeln. Sie konnte es sich selbst nicht erklären. Aber sie wollte sich auch nicht rechtfertigen, so war es eben. Wahrscheinlich war Vertrauen in Menschen schon ein Problem geworden, aber mit diesen Typen gab es das gar nicht, die Regeln waren gesetzt: Heute Abend, wir beide, dann sehen wir uns nie wieder.

Dass der Sex mit diesen Typen Anna ihr Körpergefühl ein Stück weit zurückgab. Dann spürte sie, dass sie da war, dass sie existierte. Daniel war der Erste von vielen, es spielte sich immer gleich ab. Es war so einfach.

Sein Anwalt hatte ihm geraten, nicht auszusagen und nicht mit ihr zu sprechen. An Ersteres hatte Jonas sich nicht gehalten, an Zweiteres schon. Dass er die Wahrheit sage und nichts zu verstecken habe und ja, ehrlich gesagt, dachte er, er sei klüger als die Polizei und sie könnten ihn nicht in eine Falle locken oder so etwas, ihm das Wort im Mund verdrehen.

Das Zweite war einfach: Bis auf die Begegnung im REWE traf er Anna nie wieder. Es war komisch, noch vor einem Jahr waren sie sich ständig über den Weg gelaufen, plötzlich gar nicht mehr. Aber wer weiß, vielleicht mied sie absichtlich die Orte, von denen sie wusste, dass er sich dort aufhielt. Wahrscheinlich konnte sie ihm nicht in die Augen blicken. Er wäre ihr gern begegnet und hätte ihr gesagt, wie er sich fühlte und was sie ihm angetan hatte.

Er hätte nicht gedacht, dass sie sich ausgerechnet in einer anderen Stadt über den Weg laufen würden.

Anna war in Berlin, um ihre Schwester zu besuchen. Sie musste raus, brauchte Ablenkung und wollte endlich mal Darias Schrebergarten, den sie sich mit ein paar Leuten teilte, sehen. Sie hatten sogar vor, einen Abend in der Gartenhütte zu übernachten, wenn es warm genug war.

Als Daria ihr von dem Schrebergarten erzählte, fand Anna es zuerst schrecklich. Spießiger und deutscher ging es nicht. Aber Daria war so begeistert, und nach und nach verstand Anna, was der Schwester daran gefiel. Sie pflegte den Garten mit ein paar Freunden, und es war ein schöner Ort, ein Ort, um in Berlin einmal rauszukommen. Sich gegen den hektischen Puls der Stadt zu stemmen. Die Freunde hatten Glück gehabt, der Garten lag in der Nähe vom Tempelhofer Feld: Normalerweise war es unmöglich, in Berlin innerhalb des Rings einen Schrebergarten zu bekommen, es gab eigentlich keine mehr, und bei den wenigen, die noch verfügbar waren, schossen die Preise in die Höhe, wie alle Preise in Berlin in die Höhe geschossen waren in den letzten Jahren. Natürlich kam man nur mit Connections an so einen Garten. Ralf, ein Freund von Daria, kannte eine Frau vom Vorstand und hatte bei einer Vereinssitzung ein paar Schnäpse mit ihr getrunken. Danach stiegen sie von einem der letzten Plätze auf der Warteliste auf Platz eins auf und innerhalb weniger Monate wurde ein kleiner Garten frei.

Daria und ihre Freunde hatten es sich schön gemacht, es gab eine Hängematte, der Kirschbaum blühte gerade und der Garten war nie leer, es kamen immer Freunde vorbei, die einen Moment Ruhe von der Großstadt wollten.

Es war Ralfs Idee gewesen. Anna wäre sonst nicht hingegangen. Es war der 9. Mai 2015 und im Treptower Park am Sowjetischen Ehrenmal war wie immer an diesem Tag eine Feier zum Tag des Sieges, dem Tag, an dem die Alliierten Deutschland besiegt hatten. In Russland war der 9. Mai ein wichtiger Feiertag.

Anna hätte auch den ganzen Tag rauchend in der Hängematte verbringen können, aber Daria wollte unbedingt hin, sich das Spektakel mal ansehen. Die Eltern hatten von den Paraden in der Sowjetunion erzählt, bei denen Panzer aufgefahren waren und die Veteranen mit Blumen beschenkt wurden.

Dann kam ein Typ mit Hund in den Garten, und Anna hasste Hunde und hatte keine Lust, den Gestank des Tiers und sein Bellen ertragen zu müssen. Also raffte sie sich auf.

Das sowjetische Ehrenmal war etwas Besonderes für Jonas. Es war der Grund gewesen, warum er nach dem Abitur in die Ukraine ging und nicht nach Indien oder Ghana. Es wirkte aus der Zeit gefallen; dass er sich noch erinnern konnte, wie er im Treptower Park das erste Mal mit 16 war. Er besuchte mit seinem damaligen besten Freund Micha ihren alten Schulfreund Joseph in Berlin, dessen Vater von Frankfurt nach Berlin umgezogen war. Er erinnerte sich nicht mehr an viel von diesem Besuch, meistens lagen sie zu dritt auf der Couch, kifften, bestellten Pizza und spielten *Need for Speed.* Josephs Vater war in dieser Woche auf Geschäftsreise, und sie hatten die Wohnung für sich. Joseph gab ihnen den Tipp mit dem Ehrenmal. So etwas hätten sie noch nie gesehen. Jonas wusste nicht, was ihn da erwartete; er dachte, irgendein Park in Berlin, was kann daran schon spannend sein, aber für ihn als Wessi durch und durch war das Ehrenmal wie aus einer anderen Welt. Er fühlte sich auf der einen Seite zurück in den Kalten Krieg versetzt, auf der anderen wie in einer Science-Fiction-Dystopie: Es hatte eine Apokalypse gegeben und die letzten Menschen hatten dieses Ehrenmal als Zeugnis für die Menschheit gebaut, um Aliens zu begrüßen.

Noch nie hatte er ein Denkmal dieses Ausmaßes gesehen, es war mindestens so groß wie zwei, vielleicht drei Fußballfelder. Wenn man von der Puschkinallee kam, durchquerte man, bevor man den Vorplatz erreichte, eine Allee, Birken natürlich. Diese war bereits Teil des Ehrenmals. Es gab ein Foto von Jonas an diesem Tag. Das Bild war symmetrisch, er zwischen den Bäumen, den Blick auf etwas außerhalb des Bildes gerichtet, als wäre dort etwas, von dem er seine Augen nicht lösen konnte.

Nach den Birken begann das richtige Denkmal. Man durchquerte zwei riesige – ja, was sollte das darstellen? – zwei riesige Steine, die einer Fahne ähnelten, darauf waren Hammer und Sichel eingraviert. In der Mitte zwischen diesen roten Granitfahnen war eine Grünfläche, und Joseph hatte ihm erzählt, dass über 7000 gefallene Soldaten der Roten Armee hier beerdigt waren, die Grabsteine waren weiße Marmorplatten. Am Ende der Grünfläche, gegenüber den roten Granitfahnen, lag ein Hügel, eine Treppe führte zu einem weißen Pavillon hinauf und darauf stand, alles andere meterweit überragend, ein grauer Soldat mit einem Schwert in der Hand, der ein Hakenkreuz mit seinem Stiefel zertreten hatte.

Das erste Mal hatte Jonas sich stundenlang auf dem Ehrenmal aufgehalten, war immer wieder auf und ab gewandert, zwischen der Kriegerstatue und der anderen Seite hin und her, vorbei an Steinblöcken, die den Außenrand markierten, auf denen der Krieg nachgestellt wurde, und in kyrillischen Buchstaben standen Wörter darunter. Damals konnte er noch kein Kyrillisch lesen und das gab ihm den Anstoß, Russisch zu lernen. Er erinnerte sich gut an den Tag, als er wieder einmal beim Denkmal war und endlich lesen konnte, was dort stand: Es waren Zitate von Stalin.

Erst nachdem er in die Ukraine und nach Russland gereist war, wusste er, dass in jeder Stadt und jedem Dorf so ein Denkmal stand, ein Denkmal für den Großen Vaterländischen Krieg; meistens waren sie kleiner, dieses Denkmal in Berlin war etwas Besonderes.

In diesem Jahr, im Mai 2015, war er froh, aus Leipzig rauszukommen, sich ein bisschen abzulenken, zu feiern. Die Straße entlanggehen zu können, ohne jemanden zu treffen, den er kannte. Dass er genau am 9. Mai in Berlin war, war Zufall. Ursprünglich hatte er geplant, ein Wochenende früher zu fahren, aber jetzt hatte es sich nun mal so ergeben; und wenn er schon einmal da war, wollte er sich die Feierlichkeiten zum Tag des Sieges nicht entgehen lassen, er hatte das Spektakel noch nie mitbekommen.

Das eigentliche Fest fand nicht direkt am Ehrenmal statt, sondern ein bisschen weiter weg, im Park, wo mehr Platz war. Dass es ein kleines Volksfest war, erzählte mir Jonas; es gab Essensstände, Bierbänke, eine Bühne, auf der russische Volkslieder gesungen wurden, und zahlreiche Stände verschiedener Organisationen. Er sah sich gerade eine Broschüre am MLPD-Stand an, als jemand ihm auf die Schulter tippte.

Dass es keine große Überwindung war. Es war ein Automatismus. Anna saß mit Daria und ein paar von deren Freunden auf einer Wiese neben den Ständen, als sie ihn gesehen hatte. Sofort stand sie auf, sagte kein Wort zu Daria, ging auf ihn zu, tippte ihn an. Sie wollte ihn nicht ärgern, es war ein Versehen: Sie stand links hinter ihm, tippte ihm auf die rechte Schulter, logischerweise drehte er sich nach rechts, sah niemanden, guckte hektisch nach links, erkannte Anna und erschrak. Oh, hi, sagte er. Na, du auch hier, sagte sie.

Er sei zufällig in der Stadt, antwortete er und ließ die MLPD-Broschüre fallen. Die Aufregung stand ihm ins Gesicht geschrieben, Anna verspürte eine Art Hochgefühl, sie war in der besseren Position, sie hatte das Gespräch begonnen, ihn überrumpelt. Andersherum hätte sie es wahrscheinlich nicht ausgehalten, wäre sofort abgehauen.

Dass sie die Broschüre von der Wiese aufhob und sagte, so einer bist du also. Er sah sie verständnislos an und sie deutete auf die Broschüre.

Es war ein Wunder, dass es die MLPD, die Marxistisch-Leninistische Partei Deutschlands immer noch gab, sie bestand aus einem Haufen Kommunisten, die Lenin zu ernst nahmen und Stalin verherrlichten.

Jonas sagte, er informiert sich nur, von solchen orthodoxen Marxisten hält er nichts. Seine Antwort schien sie zu erleichtern und sie sagte, es hätte sie auch gewundert. Was er in Berlin macht? Einen Freund besuchen. Und sie? Auch. Ihre Schwester.

Als er die Frage stellte, was sie in Berlin macht, spürte sie das erste Mal eine Abwehr bzw. spürte das erste Mal überhaupt etwas. Davor war sie in einem Rausch gewesen, hatte einfach gemacht, nicht nachgedacht, aber jetzt: Er stellte ihr eine Frage und sie wollte ihm nicht antworten, wollte nicht, dass er irgendetwas über sie wusste. Ihr Leben ging ihn nichts an! Zum Glück bohrte er nicht weiter nach.

Dass sie schnell und viel sprach, immer wenn sie aufgeregt war. Sie begann einen Monolog über den Tag des Sieges und dass sie es nicht okay findet, dass die deutschen Linken diesen Sieg feierten, oft mit dem Slogan: Wer nicht feiert, hat verloren. Denn die Deutschen seien nicht befreit worden, sie hätten verloren und so hatte es sich auch für einen Großteil der Bevölkerung angefühlt. Verloren, nicht befreit.

Es ist trotzdem wichtig, diesen Tag zu feiern, antwortete Jonas, schließlich haben die Linken in Deutschland wenig zu feiern, und was sollte man feiern, wenn nicht das Ende des Nationalsozialismus?

Dass es sich ganz normal anfühlte. Sie waren wieder in ihrem Element: Diskutierten, das konnten sie gut. Dass sie beide schnell redeten, gegenseitig ihre Sätze beendeten oder sich ins Wort fielen.

Das hatte sie immer an Jonas gemocht, das Diskutieren mit ihm, dass sie sich Bälle zuwarfen und dass sie immer wussten, was der andere meinte, auch wenn sie vielleicht anderer Meinung waren.

Er soll sich doch mal umsehen, sagte sie zu ihm, was für Leute diesen Tag feierten: komische Stalinisten, Leute aus der Friedensbewegung und Russlandfreunde, die die Annexion der Krim verteidigten und Amerika hassten, einfach so, für alles, für den Irakkrieg und für

Coca-Cola. Solche Leute sind ihr zuwider, dieses plumpe Schwarz-Weiß-Denken.

Er unterstützte das auch nicht. Man konnte Russland kritisieren, ohne es gleich zu verteufeln, und er verstand nicht, wie man eine solche verkürzte strukturell antisemitische Meinung über die USA haben konnte. Aber, er holte Luft, dass man das Feld nicht diesen Leuten überlassen sollte. Er deutete auf den Stand der MLPD, auf die Bühne, auf der gerade ein wohl volkstümlicher Tanz von mehreren Babuschkas aufgeführt wurde, und dass es wichtig ist, Inhalte in diese Feier zu tragen. Das Gedenken darf nicht den Spinnern überlassen werden! Es muss auch progressive linke Inhalte geben!

Sie wollte ihm gerade zustimmen, als es passierte. Er sagte: Schau mal, wollte sie nach links drehen, berührte sie leicht mit der Hand an der rechten Schulter, um ihr etwas zu zeigen.

Dass sie nie erfahren würde, was er ihr zeigen wollte. Dass sie die Berührung nicht aushielt. In ihrer Recherche zu den traumatischen Folgen einer Vergewaltigung war sie auf einen Begriff gestoßen: Körpergedächtnis. Selbst wenn das Gehirn, die Vernunft, sich nicht mehr an bestimmte Dinge erinnert, sie irgendwo ins Unbewusste geschoben hat, erinnert sich trotzdem das Körpergedächtnis. Sie hatte keine Ahnung, wie das genau funktionierte, aber im Nachhinein dachte sie, dass es das gewesen sein musste, was aktiviert wurde.

Dass seine Berührung an ihrer Schulter etwas auslöste. Wie gesagt, erzählte mir Anna, davor hatte sie ihren Verstand und auch ihr Bauchgefühl ausgeschaltet, hatte einfach gemacht, geredet, blablabla. Aber seine Hand auf ihrem Körper hielt sie nicht aus, ein Zittern erfasste sie, es schnellte von den Zehen bis zum Scheitel, wanderte wieder hinunter, sackte im Bauch ab, machte sich schwer und ihr wurde schlecht, sie hatte das Gefühl, sie müsste sich jeden Moment übergeben.

Dass sie einfach ging.

Es sah komisch aus. Ihr Blick wurde starr, sie riss die Augen auf, der Mund war zu einem kleinen unregelmäßigen O geformt, sie stolperte rückwärts, steif, wie ein Roboter, sie sah ihn zwar an, aber durch ihn hindurch. Er erinnerte sich noch, dass er gesagt hatte: Anna, alles klar? Geht's dir gut? Dass sie sich nach einigen Schritten rückwärts umdrehte und schnell von ihm wegging, Richtung Ehrenmal.

Dass er nichts falsch gemacht hatte. Sie war einfach eine gute Schauspielerin. Ein paar Minuten später sah er ihre Schwester, und da wusste er: Anna hatte das Schauspiel für die Zuschauer inszeniert, um ihre Geschichte zu manifestieren, das arme traumatisierte Opfer.

Danach hatte er keine Lust mehr zu bleiben.

Dass sie einfach immer weiterging. Es könnte sein, dass Daria nach ihr gerufen hatte, jedenfalls glaubte sie ihren Namen zu hören, drehte sich aber nicht um, lief weiter, drängte sich an den feiernden Menschen mit Hammer-und-Sichel-Fahnen vorbei und immer geradeaus. Der Park war groß. Sie wusste nicht, wie lang sie gegangen war. Das Fest ließ sie schnell hinter sich und kam in Gebiete des Parks, in denen niemand war, die mehr Wald als Park waren. Sie erwachte aus ihrer Trance, als sie auf eine große, laute, viel befahrene Straße traf. Der Lärm war zu viel, sie drehte sich schnell wieder um, blickte auf ihr Handy. Sie hatte keinen Empfang. Sie irrte umher, bis sie das Fest wiederfand und ihre Schwester.

N

Anna war erleichtert, auch. Es fiel ihr schwer, das zuzugeben. Hatte sie es nicht anders gewollt? Wollte sie nicht, dass Jonas aussagen musste? Ganz offiziell, vor einem Richter, ganz offiziell vor den Augen aller Leute.

Dass sie einen Anruf von einer unbekannten Nummer erhalten hatte, erzählte Anna. Dass sie nicht zurückrief, es könnte ja sonst wer sein, vielleicht hatte einer der Typen aus dem Lindental ihre Nummer herausgefunden, oder im schlimmsten Fall war es Jonas, der mit ihr reden wollte. Am nächsten Tag bekam sie eine E-Mail von ihrer Anwältin Frau Leonard: Sie hat versucht, Anna anzurufen, aber sie ist nicht ans Handy gegangen. Das Ermittlungsverfahren gegen Jonas Schimmel ist eingestellt worden. Am besten wäre es, sie träfen sich persönlich, um alles zu besprechen.

Dass Anna nichts fühlte, als sie es las. Die Wut kroch erst später wieder hervor. Diese hatte sich ein paar Monate versteckt, war untergetaucht.

Sie erinnerte sich fast nicht mehr an das Gespräch mit der Anwältin, sie war benommen, fühlte sich wie unter einer Glocke, das Glas der Glocke war milchig. Die Anwältin ging Satz für Satz des Schreibens mit ihr durch. Der Einstellungsbescheid war, wie nicht anders zu erwarten, in trockener Juristensprache formuliert:

> Der Beschuldigte ist nach den Angaben der Geschädigten gegen ihren Willen nach einem gemeinsamen Partybesuch in ihre Scheide eingedrungen. Gewehrt habe sie sich, indem sie

versucht habe, den Beschuldigten von sich wegzudrücken, sie habe wiederholt geäußert, dass sie den Geschlechtsverkehr nicht wolle und dass der Beschuldigte aufhören solle. Der Täter muss, um den Tatbestand der Vergewaltigung zu erfüllen, zur Überwindung des geleisteten oder erwarteten Widerstands Gewalt einsetzen.

Das Ausüben des Geschlechtsverkehrs gegen den Willen des anderen ist grob anstößig und geschmacklos, aber ohne den Einsatz eines qualifizierten Nötigungsmittels nicht strafbar.

Geschmacklos, anstößig. Diese Worte klangen wie die Beschreibung eines Pornofilms: Ein Mann pinkelt einer Frau in den Mund, das war anstößig und geschmacklos. Aber vielleicht gab es nicht die richtigen Worte für das, was ihr passiert war, am wenigsten juristische.

Frau Leonard erklärte Anna, dass Vergewaltigung nur dann strafbar ist, wenn Gewalt angewendet wird; dass der Widerstand vorsätzlich mit Gewalt gebrochen werden muss. Wurde kein oder zu wenig Widerstand geleistet, gab es keine Strafverfolgung, wie in ihrem Fall. Rein rechtlich hat die Staatsanwaltschaft richtig gehandelt.

Annas Nein war offenbar nichts wert. Dieser Slogan pochte in ihrem Kopf: Nein heißt Nein! Aber natürlich: Männern wurde beigebracht, bei einer Frau hieße Nein immer Ja, natürlich schlug sich diese Auffassung im Gesetz nieder.

Sie hatte Nein gesagt, mehrmals, wahrscheinlich. Es war nun schon so lange her. Aber selbst, wenn sie es nur einmal gesagt hatte: Er hätte merken müssen, dass es ihr keinen Spaß machte, dass es gegen ihren Willen passierte. Aber ihr Wille reichte nicht aus, er zählte vor dem Gesetz nicht.

Im Einstellungsbescheid wurde noch ein weiterer Grund genannt, warum das Verfahren eingestellt wurde: Es gab keinen Tatbestand der schutzlosen Lage:

Unter Zugrundelegung der Angaben Ihrer Mandantin befand sich diese auch nicht in einer schutzlosen Lage im Sinne der Strafnorm. Eine solche liegt nur dann vor, wenn die Schutz- und Verteidigungsmöglichkeiten des Opfers in einem solchen Maße verringert sind, dass es dem ungehemmten Einfluss des Täters preisgegeben ist. Ferner muss sich der Täter die sein Tatvorhaben ermöglichende oder erleichternde schutzlose Lage des Opfers bewusst zunutze gemacht haben, um dessen entgegenstehenden Willen zu überwinden. Dabei beruht die schutzlose Lage regelmäßig auf äußeren Umständen, wie insbesondere der Einsamkeit des Tatortes und dem Fehlen von Fluchtmöglichkeiten. Eine tatbestandsmäßige schutzlose Lage ergibt sich aber noch nicht allein daraus, dass sich der Täter mit dem Opfer allein in seinem Zimmer befindet. Vielmehr müssen dann regelmäßig weitere Umstände hinzutreten, wie etwa das Abschließen der Tür durch den Täter mit der Folge, dass dem Opfer jegliche Fluchtmöglichkeit abgeschnitten wird.

Jonas hatte die Tür seines Zimmers nicht zugesperrt. Vielleicht hätte sie jemand gehört, wenn sie laut geschrien hätte, vielleicht Momo im Nebenraum oder Hannes auf dem Innenhof. Aber sie konnte damals nicht klar denken, sie wollte nur, dass es schnell vorbeiging. Dass sie nicht in der Lage gewesen war zu schreien. Hilfe. Und selbst wenn sie geschrien hätte, klang es nach diesem Schreiben so, als würde es trotzdem nicht reichen. Trotzdem wäre sie wohl nicht schutzlos genug gewesen für die Staatsanwaltschaft.

Die Glasglocke über Anna hielt sich ein paar Tage, dann sammelte sich die Wut darunter. Dass sie Jonas sehen wollte, aber dass sie für nichts garantieren konnte, sagte sie in unserem letzten Interview. Sie hatte noch nie jemanden geschlagen, aber sie würde gern mehrmals mit geballter Faust in sein Gesicht prügeln.

Sie fühlte sich so bescheuert. Es hatte nichts gebracht, Anzeige zu erstatten. Es hat ihr nur Stress und Öffentlichkeit gebracht. Diese Nacht des 4. Juli verfolgte sie wie ein Gespenst. Und die Leute: Sie hätten es nie erfahren müssen, Anna hätte es geheim halten können. Nachts träumte sie manchmal von Leuten ohne Augen, nur mit Mündern, die über sie tuschelten, wenn sie an ihnen vorbeiging. Es war nicht nur ein Gespenst, das sie verfolgte, sondern Gespenster, vielleicht.

Inwiefern sie sich erleichtert fühlte? Sie war froh, nicht vor Gericht aussagen, ihn nicht noch einmal treffen zu müssen. Dass sie den Fehler, den sie in Berlin beging, ihn anzusprechen, nicht noch einmal begehen würde.

Dass man sofort von außen erkannte, dass der Brief von der Staatsanwaltschaft war. Er war grau und der Absender stand darauf.

Der Brief war sehr kurz:

Ermittlungsverfahren gegen Sie wegen
des Tatbestands der Vergewaltigung

Sehr geehrter Herr Schimmel,

in dem oben genannten Verfahren habe ich mit Verfügung
vom 3.07.2015 folgende Entscheidung getroffen:
Das Verfahren wird gemäß § 177 StGB eingestellt.

Mit freundlichen Grüßen
gez. Frommelt
Staatsanwalt

Dieses Schreiben wurde elektronisch erstellt und enthält deshalb keine Unterschrift, wofür um Verständnis gebeten wird.

Danksagung

Ich freue mich sehr, dass das Buch im Verbrecher Verlag erscheint und bedanke mich insbesondere bei Kristine Listau und Jörg Sundermeier für die schöne Zusammenarbeit.

Mein Dank gilt den Expertinnen, die mir Rede und Antwort gestanden haben: der Diplom-Sozialpädagogin Sandra Bannert-Nagel von der Opferhilfe Sachsen e. V., der Rechtsanwältin Eve Leupold, der Kriminalhauptkommissarin Manuela Palitzsch von der Polizeidirektion Leipzig und der Psychologin Prof. Dr. Ariane Brenssell.

Ich bedanke mich für die kritischen Kommentare und Anmerkungen bei Lisa Füchte ebenso bei Frauke Meyer-Gosau und bei Philipp Enders für die Hilfe beim Exposé.

Außerdem danke ich allen Teilnehmer*innen der Autor*innenwerkstatt Prosa des LCB: Annina Haab, Kristin Höller, Sophia Klink, Simone Schröder, Sonja M. Schultz, Leszek Stalewski, Robert Stripling und Olivia Wenzel und insbesondere danke ich Pasquale Virginie Rotter. Zudem danke ich Thorsten Dönges und Antje Rávic Strubel für die Leitung der Werkstatt, von Antje konnte ich sehr viel lernen und den Blick noch einmal schärfen.

Ich bedanke mich bei meiner Familie für die Unterstützung, die Wegbegleitung und die Literatur: Bella, Chris und Nele, und vor allem bei Wolfi für die Gespräche, seine Zeit, Kritik, Anmerkungen und Korrekturen.

Zum Schluss bedanke ich mich für alles andere bei meinen Friends: Franziska, Jana, Annika, Dani, Lukas und meinem Liebsten: Martin.

